POURPRE SANGLANTE

par

ADRIEN GUIGNERY

E. Bernard, Éditeur, Paris.

Petite Collection E. BERNARD

N° 22

La Pourpre Sanglante.

Par Adrien Guignery.

Suite de **LA BELLE CONSPIRATRICE**

PARIS

E. BERNARD IMPRIMEUR-ÉDITEUR

29, Quai des Grands-Augustins, 29

La Pourpre Sanglante

SUITE DE

LA BELLE CONSPIRATRICE

Grâce au dévouement du comte Pierre de Montorcy, Mme de Chevreuse, la comtesse Marie des Chapelles et leurs compagnons gagnèrent la capitale du Languedoc.

Leurs guides, généreusement payés, avaient repris le chemin conduisant en Bourgogne.

En arrivant à Toulouse, la duchesse se rendit auprès d'Henri de Montmorency dont le saisissement fut extrême :

— Madame de Chevreuse !... Que venez-vous chercher ici, grand Dieu ?

La confidente de la Reine remit au jeune duc le message que lui avait confié Anne d'Autriche : « *Duc, je vous supplie de ne pas vous perdre en vous révoltant contre le roi de France...* Anne »...

Montmorency regarda douloureusement Marie de Chevreuse :

— Trop tard ! Madame...

— Il n'est jamais trop tard pour renoncer à commettre une folie...

— J'ai donné ma parole à Marie de Médicis et au duc d'Orléans...

— Souvenez-vous du sans-gêne avec lequel Gaston, frère du roi, a laissé exécuter Chalais... Il en sera de même pour vous... Monsieur est un lâche !...

— J'ai promis à la reine-mère de détruire le pouvoir du cardinal... Je dois tenir ma parole...

— La reine-mère et le duc d'Orléans réfugiés à Bruxelles sont à l'écart du danger... Ce sont de piètres politiques, cette reine et ce prince qui prétendent diriger votre révolte... Sous prétexte de sauver la vie à ce pauvre maréchal de Marillac, ils ont tenté de s'emparer comme otage de la duchesse d'Aiguillon, nièce bien-aimée du Cardinal... Cette tentative de représailles n'a servi qu'à irriter Richelieu, à rendre son pouvoir absolu, et à lui fournir les occasions de se défaire du reste de ses ennemis... Le ministre n'a pas eu de peine à démontrer au roi que sa mère et son frère faisaient appel à tous les ennemis naturels de l'État — aux étrangers — pour troubler son royaume... Louis XIII et Richelieu, qui ont le même intérêt à défendre, rivalisent d'activité afin d'être prêts à répondre victorieusement aux attaques de la cour de Bruxelles.

— Cette fois Gaston d'Orléans, dès son arrivée en France, sera suivi de tous les gentilshommes qui haïssent le cardinal... Le peuple même sera pour lui.

— Erreur !... Erreur commune à tous les hommes,

de croire que les autres doivent penser comme eux. Le duc d'Orléans se trompe en espérant que le public va prendre part à ses querelles...

Vos projets, duc, seront rendus impossibles avant d'éclore... Le cardinal a déjà dépêché des émissaires chargés de traiter avec les gouverneurs de province sur les secours desquels Gaston d'Orléans comptait... Les difficultés d'une rébellion utile sont — cette fois encore — insurmontables... Gaston se tirera toujours d'affaires; mais pour vous, Montmorency, il n'y aura ni grâce, ni pardon à espérer si vous tirez l'épée contre votre souverain...

— J'ai promis à la reine-mère...

— Ne soyez pas esclave d'un faux point d'honneur... La reine Anne d'Autriche vous aime et veut vous sauver... Elle sait que votre perte — si vous tirez l'épée contre le roi — a été résolue entre le ministre et son maître... Louis XIII, grâce aux perfides insinuations du cardinal, soupçonne l'intrigue d'amour qui existe entre vous et sa femme...

— Serait-il possible ?

— La reine me l'a dit en sanglotant... Elle vous supplie de ne pas vous perdre... Sa Majesté vous conjure de quitter la France... Obéissez à ses prières, duc, car votre mort serait la sienne... et vous ne voulez pas tuer une femme qui vous aime...

— Seigneur Dieu !...

Henri se laissa tomber sur un siège... les pleurs inondaient son visage.

— Pleurer n'est pas répondre, duc de Montmorency.

— Mon honneur est en jeu !... Gaston d'Orléans s'avance à marches forcées pour se joindre à mes troupes... Reprendre ma parole serait une désertion...

— Vous réfléchirez, duc... la nuit vous portera conseil... Demain je me présenterai à nouveau devant vous...

— Soit !... A demain, Madame...

Montmorency baisa la main de la duchesse.

— Au nom de la Reine, fuyez !...

Ce dernier avertissement prononcé, Marie de Chevreuse quitta la demeure de ce gentilhomme dont le roi et Richelieu juraient la perte.

Les courriers royaux avaient rapidement transmis l'Ordonnance déclarant Montmorency coupable de lèse-majesté, le privant de ses charges, grades et honneurs, éteignant son duché pour le réunir à la couronne et confisquant ses biens.

— Le roi et le cardinal sont à Cosne... Dans trois jours, ils seront à Toulouse...

Cette phrase répétée de bouche en bouche fit passer comme un frisson de terreur parmi les toulousains...

Ces braves gens aimaient bien le duc; mais ils n'osaient se résoudre à prendre ouvertement sa défense...

Un des fidèles de Montmorency arriva à franc-étrier. Ses vêtements souillés de poussière. L'état d'épuisement de ses traits, et l'écume rougie de sang qui engluait le mors de sa monture, indiquaient surabondamment que ce gentilhomme et sa vaillante bête avaient rudement chevauché.

Le cavalier, jetant la bride à un soldat, mit pied à terre et se dirigea vers le logis de Montmorency.

— Noirpray ! — s'écria le duc en accourant — m'apportez-vous de bonnes nouvelles ?

Le gentilhomme fit un geste désespéré.

— Mauvaises, monsieur le duc...

— Le roi ?... Son Eminence ?

— Le roi et son ministre étaient à Cosne il y a deux jours...

— Je sais...

— Ils seront ici demain...

— ...Si je leur en donne la permission...

— Un corps d'armée, placé sous les ordres de M. de Schomberg a défait les troupes levées par le frère du roi... Nous n'avons plus de secours à espérer de lui...

— C'est bien !... Allez prendre quelques repos, mon cher de Noirpray...

Lorsque le gentilhomme fut sorti, le duc regagna l'appartement, voisin de son cabinet, où Mme de Chevreuse, sa filleule, MM. Jacques de Fontailles, César de Morliac, Numa de Sarras et Hugues de Nangy se trouvaient réunis.

— Les troupes que des enrôleurs, payés par Monsieur, ont levé du côté de Trèves, viennent d'être battues par Schomberg... Je vais essayer d'en rassembler les débris, de les discipliner... Serez-vous des miens, Messieurs ?...

— Nous ne quitterons, ni Mme de Chevreuse, ni Mlle des Chapelles...

— Ce qui veut dire que vous ne m'accompagnerez pas, monsieur de Fontailles ?...

— Vous vous méprenez, duc... Les paroles du chevalier de Fontailles signifient que nous partagerons votre sort.

Ces fières paroles prononcées par Mme de Chevreuse émurent profondément le duc qui sourit en disant :

— Merci !... Merci de toute mon âme...

Des courriers apprirent successivement à Montmorency : Que le duc de Lorraine — gagné à la politique royale — avait refusé le concours de ses troupes... Que Monsieur, entré en France par le Bassigny avait traversé la Bourgogne à la tête de recrues espagnoles, liégeoises, napolitaines, allemandes qui semaient l'épouvante par leurs maraudages... Les habitants des campagnes — terrorisés — s'étaient, avec leurs bestiaux, meubles et vivres, réfugiés dans les villes fortifiées.

Cette petite armée, manquant de provisions et de pain était en proie à la famine. Les soldats qui s'écartaient du corps principal pour marauder étaient assommés par de hardis paysans dissimulés dans les bois et les ravines dont ils connaissaient les cachettes ... Le duc d'Orléans, après avoir traversé les belles plaines de la Limagne dont les moissons prêtes à faucher furent dévastées en quelques jours, s'était

arrêté dans le duché de Montpensier, où il avait es-
péré trouver de nombreux partisans... »

— C'est bien, Messieurs... Je vais rejoindre le duc...
Je disciplinerai ses recrues... et : A la grâce de
Dieu !...

Les « courriers » se retirèrent... Tous étaient per-
suadés que le duc couraient à un sanglant échec.

Montmorency et ses troupes quittèrent la capitale
du Languedoc et se rendirent au devant de Gaston
d'Orléans...

Le duc une fois la jonction opérée, espérait engager
le combat avec les troupes royales ; les vaincre et
ranimer la confiance de ses partisans :

— Quand nous aurons battu. M de Schomberg,
nous ne manquerons pas de villes. Allons à lui !

Ces paroles étaient dignes du courage de Montmorency.

Bientôt ses troupes arrivèrent aux environs de Castelnaudary... Celles commandées par Gaston d'Orléans
se trouvaient à un quart de lieue de distance... Enfin,
sur une éminence se tenaient des compagnies com-
posées des meilleurs soldats de Schomberg.

Celui-ci hésitait sur la conduite qu'il devait tenir.
Chargé du commandement d'une armée contre l'hé-
ritier présomptif de la couronne, il aurait voulu qu'on
lui eût prescrit ses démarches, qu'on lui eût dit s'il
fallait se retirer ou combattre. Mais à ses demandes
Louis XIII ne répondait autre chose, sinon qu'on eût
des égards pour son frère. Or, dans une mêlée, tout

était à redouter... Aussi le maréchal tentait l'impossible pour n'être pas obligé d'engager une action... Se voyant au moment d'y être forcé parce que Monsieur, pressé de l'autre côté par le duc de la Force, ne pouvait plus ni avancer ni reculer. Schomberg envoya le sieur de Cavoye proposer d'entrer en accommodement.

— On parlementera après la bataille — répondit Montmorency auquel le frère du roi fit part des propositions du maréchal.

Le sort en était jeté...

Cavoye piqua les flancs de sa monture et regagna l'armée royale.

Montmorency entraîna Mme de Chevreuse à quelques pas du groupe formé par de nombreux gentilshommes...

— Vous direz à la reine que je meurs pour tenir un engagement sacré... Ma dernière pensée, le dernier battement de mon cœur seront pour elle !...

— Duc !...

Mme de Chevreuse n'acheva pas... Des mousquetades retentirent. Les soldats de Schomberg venaient de donner le signal du combat.

— Messieurs, on nous invite à la lutte... En avant !...

Montmorency prêcha d'exemple... Il s'élança de toute la vitesse de cheval...

La duchesse et Marie des Chapelles s'élancèrent à la suite d'Henri...

— Regagnez la ville, Mesdames !...

— Nous sommes vêtues en cavaliers, duc ;... c'est

comme tels que nous nous comporterons — répondit Mme de Chevreuse.

Elle tira son épée du fourreau...

Marie des Chapelles dont les yeux brillaient étrangement imita le noble exemple de sa marraine...

Fontailles, Sarras, Morliac, Nangy escortaient les vaillantes créatures...

La moitié de la petite armée de Montmorency sous le commandement du duc d'Elbœuf, Charles de Lorraine, époux d'une sœur naturelle du roi, tenait en échec le corps du duc de la Force.

C'était donc à la tête de cinq cents cavaliers que le duc s'élançait contre les troupes royales dix fois supérieures en nombre.

Ces braves gens, grisés par l'odeur de la poudre et le désir de vaincre, parcouraient — raillant les mousquetades — l'espace qui les séparaient de leurs ennemis.

Montmorency, Antoine de Bourbon, comte de Moret, fils naturel de Henri IV et de Jacqueline du Breuil, mieux montés que leurs compagnons, arrivèrent au bord d'une large tranchée creusée par les soldats de Schomberg.

Le duc enfonça ses éperons dans le ventre de son cheval et franchit le fossé.

Le comte de Moret suivit son compagnon d'armes.

Sarras, Nangy, Morliac parvinrent également à franchir le redoutable fossé.

Les cinq héros essuyèrent la décharge d'un bataillon embusqué...

Quand le nuage de fumée le permit, les partisans distinguèrent Montmorency dont la redoutable épée faisait ravage parmi les chevau-légers...

Antoine de Bourbon et les trois gentilshommes besognaient de leur mieux. Couverts de blessures. affaiblis par la perte du sang, ils succombèrent sous les coups de leurs trop nombreux adversaires.

Montmorency luttait toujours. Il fonçait sur l'ennemi qui l'attaquait de face. Se retournait pour se débarrasser de ceux qui l'attaquaient par derrière...

Mme de Chevreuse et sa filleule, s'étaient précipitées au devant de Gaston d'Orléans.

— Monseigneur !... Monseigneur, sauvez-le.

— C'est pour votre cause qu'il combat, s'écrièrent les courageuses créatures...

— Le fossé est trop large, — répondit le prince.

— Montmorency l'a bien franchi !

Cette dure réplique lancée par la duchesse fit baisser les yeux du lâche...

— Prince indigne, c'est vous qui le livrez ! —s'écria Marie en désignant le duc que de nombreux chevau-légers venaient de jeter bas de sa monture...

— Arrachez-le à ces hommes, monseigneur, — reprit l'énergique créature — Faites-vous pardonner...

— Je ne puis rien pour lui...

— Lâche ! — répliqua Marie des Chapelles qui fit prendre du champ à son cheval et franchit le fossé.

Mme de Chevreuse, Fontailles et quelques cavaliers suivirent l'exemple de la courageuse fille.

Ces braves gens firent une trouée dans les rangs ennemis... Montmorency les aperçut :

— Sauvez-les !... Schomberg sauvez-les ! — s'écria-t-il...

— Des prisonniers !... Pas de morts ! — ordonna le maréchal qui venait tristement au-devant du duc dont il estimait la vaillance.

La duchesse, Marie des Chapelles, Fontailles et deux cavaliers furent faits prisonniers... Ces nobles femmes et leurs compagnons furent amenés devant un groupe formé d'officiers royalistes qui prodiguaient leurs consolations à Montmorency dont un chirurgien pansait les blessures.

Le maréchal reconnut la duchesse et Marie des Chapelles...

— Fuyez, Mesdames... Si le cardinal vous savait en mon pouvoir il vous réclamerait et je redouterais fort sa colère... pour vous... Il vous croit ensevelies sous les ruines de Montorcy...

Schomberg se tourna alors vers les trois gentils-hommes :

— Je vous laisse la vie sauve. En échange je désire que vous conduisiez madame de Chevreuse et sa filleule jusqu'à la frontière d'Espagne.

— Mais je veux rester ici !... J'entends prodiguer mes soins au duc.

Montmorency avait reçu six coups d'épée, onze balle de mousquets avaient déchiré sa chair (*historique*).

Il eut la force de sourire à la vaillante duchesse.

— Partez, Madame... Gagnez l'Espagne... Je vous le demande en grâce...

— J'obéirai duc.

— Soyez bénie, Madame... Soyez bénie comtesse des Chapelles, chevalier de Fontailles, et vous aussi Rapabère et Dravidiens. — ainsi se nommaient les survivants des rares gentilshommes qui venaient de franchir le fossé.

Tous ces vaillants se découvrirent et saluèrent bien bas le jeune héros.

— Partez !... Je l'ordonne !

Schomberg qui venait de lancer cet ordre se détourna pour dissimuler l'émotion qui s'emparait de lui...

— Venez, Marie... Venez, Messieurs... Au revoir, duc !...

— Là haut !... Madame.

L'infortuné Montmorency leva les yeux vers le ciel où commençaient à scintiller les étoiles.

La petite troupe s'éloigna et regagna — en passant sur un pont improvisé par les soldats de Schomberg — le champ de carnage devenu silencieux.

\ Nos amis sont tombés là — dit Marie des Chapelles dont la main indiquait un monceau de cadavres d'hommes et de chevaux...

— Peut-être ne sont-ils que blessés...

— N'espérez pas les retrouver vivants, monsieur de Fontailles... Je perdrai mes noms de Jean de Dravidiens si les chevau-légers n'ont pas achevé les blessés...

La lune, de ses rayons blafards éclairait le char-
nier.

— Là!... Là !... Quelle horreur !. .

La duchesse venait de découvrir les cadavres de
Nangy, de Morliac et de Sarras...

Dravidiens avait dit vrai :

Les malheureux gentilshommes, odieusement
achevés à coups de poignards, ainsi que les nombreux infortunés dont les faces convulsées semblaient
maudire en une suprême imprécation la cruauté de
leurs bourreaux, étaient au milieu des morts.

— Mesdames, ne tenterons-nous rien pour sauver
Montmorency ?...

— Dites, monsieur de Rapabère, que nous allons
essayer — s'il ne succombe pas à ses blessures —
de l'arracher au Cardinal — répondit la duchesse.

Un dernier regard... Un suprême adieu fut adressé
aux morts ; puis la petite troupe s'éloigna pour regagner Toulouse.

Mainte fois il fallut, à ces braves cœurs, tromper la
vigilance des troupes royales chargées d'arrêter les
partisans de Montmorency et de d'Orléans.

L'ingénuosité d'Agamemnon de Rapabère et l'im-
perturbable sang-froid de Dravidiens furent d'un
grand secours... Ces deux gascons auraient trompé
le diable en personne...

Ils apprirent que les meilleurs chirurgiens avaient
prodigué leurs soins à Montmorency que Richelieu
voulait arracher à la mort glorieuse du soldat pour le
livrer au bourreau.

Mme de Chevreuse tressaillit de joie en recevant la nouvelle de l'arrivée de toute la cour.

— Je vais vous conduire chez un de mes parents qui habite cette ville, — dit Rapabère, — nous y attendrons l'occasion favorable pour délivrer le duc.

Le marquis de Montresac reçut avec force démonstrations de joie les compagnons présentés par son cousin.

Comme il était ennemi du cardinal, on l'initia au complot.

Les qualités de Mme de Chevreuse et de sa filleule furent tenues secrètes... Le marquis les crût de bonne foi les maîtresses de Fontailles et de Dravidiens.

Le 22 octobre 1632, Louis XIII et Richelieu arrivèrent à Toulouse escortés d'une nombreuse cavalerie.

Le 25 le roi donna des lettres-patentes qui, dérogeant aux droits du prisonnier, comme duc et pair— ordonnaient au parlement de faire le procès de Montmorency.

Le garde des sceaux, Châteauneuf, qui avait été page du connétable, père du duc, devait présider le tribunal. Montmorency ne le récusa pas...

Le marquis de Montresac apprit à ses hôtes que la reine Anne d'Autriche et ses dames d'honneur venaient d'arriver à Toulouse.

— La reine ! — s'écria Marie de Chevreuse dont le

ANN... AGENOUILLÉE...

cœur tressaillit de joie à la pensée de revoir sa souveraine.

— Oui, Madame... Sa Majesté loge avec toute la cour dans les appartements de l'Hôtel de Ville.

— N'est-ce pas là, cousin, que le duc de Montmorency a été enfermé ?

— Si, mon cher Agamemnon...

— Je reconnais bien en cette circonstance la froide cruauté de Richelieu... Pauvre reine comme elle doit souffrir de se savoir si proche... et cependant si éloignée de l'homme qu'elle aime...

La duchesse de Chevreuse avait prononcé — murmuré presque — ces paroles.

Marie des Chapelles dont l'énergie — depuis la mort de son frère et le supplice de son fiancé — ne s'était pas démentie (*La Rosée Rouge*) prit la main de sa marraine.

— Il faut voir la reine et nous entendre avec elle pour sauver le duc de Montmorency.

— Les inquisiteurs ne laissent aucun repos au prisonnier, Mademoiselle.

— Qui vous l'a dit, monsieur de Montresac ?

— L'un d'eux, Mademoiselle...

— Vous parlez à ces gens-là marquis... C'est presque déroger.

— Agamemnon, vous êtes jeune... Vous ignorez encore qu'il est bon d'avoir des amis dans toutes les classes de la Société.

... Ventre Saint-Gris !... comme jurait le feu roi,

j'ai idée que mon pénitent, le père Saucrace, pourra nous être utile...

— Et moi, j'en suis certain, marquis ! — s'écria Fontailles.

Un sourire de triomphe illumina le visage de l'excellent Montresac.

— Et à quoi pensez-vous employer ce robin, monsieur de Fontailles ?

— Mais à nous fournir une robe, monsieur de Rapabère.. Ce pénitent doit avoir un vice ?

— Il en a plusieurs, chevalier...

— Lesquels, marquis ?

— Ivrogne !...

— Bravo !...

— Gourmand...

— Parfait !...

— Il adore les pistoles...

— Le brave homme !...

— ... Et ne dédaigne pas les gentils minois...

— A merveille !...

Les assistants commençaient à deviner où le chevalier de Fontailles voulait en venir.

— Le marquis se mettra dès aujourd'hui, en quête de ce providentiel Saucrace. Il tâchera de lui faire dévoiler les « péchés mignons » de quelques autres pénitents...

Je sais déjà que le père Timoléon est ivrogne et voleur ; que le vieux Némarino est tricheur et amateur de bon vin ; que le gros Magloire adore la bonne chair ; que Simplice courtise les ribaudes et que Prudent préfère les bourgeoises...

— Marquis, vous êtes notre sauveur ! — s'écria Mme de Chevreuse.

— Fasse le ciel que je sois également celui de Montmorency.

II

Pendant que la duchesse de Chevreuse, sa filleule et les gentilshommes cherchaient à délivrer Montmorency, Anne d'Autriche priait dans son oratoire. La pauvre reine demandait au ciel de sauvegarder le vaillant prisonnier. Elle aurait donné le plus pur de son sang pour avoir le droit d'entrer dans le cachot d'Henri et de lui prodiguer les consolations. Elle tremblait que Laffemas, lieutenant-criminel, juge au tribunal secret, intendant de Champagne n'inventât quelque calomnie destinée à perdre plus sûrement le duc.

La reine avait raison de redouter Richelieu et ses fidèles serviteurs. Le ministre était au courant de ses amoureuses intrigues avec Montmorency. Blessé dans son orgueil et frappé au cœur par les dédains de cette femme qu'il adorait, l'Eminence voulait se venger... L'occasion lui en fut offerte...

Louis XIII, dont la haine contre Montmorency paraissait désarmée depuis que le révolté malheureux étaient son pouvoir, aurait volontiers pardonné...

Le roi marchait fiévreusement dans son cabinet detravail. Il maudissait son irrésolution... Dix fois il s'était arrêté devant son bureau, avait pris une plume destinée à libeller l'ordre de rendre la liberté du duc — Dix fois il avait reposé la plume sans achever d'écrire.

Une porte fut ouverte. Richelieu entra. Son regard infaillible devina les angoisses de son maître.

— Votre Majesté semble troublée ?

— On le serait à moins...

— Que votre Majesté daigne me faire connaître l'événement qui la met en émoi ?

Le ministre était arrivé jusqu'à la table... Il pût, sans baisser la tête, lire les quelques lignes tracées par le roi.

Celui-ci s'était laissé tomber dans un fauteuil...

— Votre Majesté pousserait-elle la clémence jusqu'à oublier que le duc Henri de Montmorency rêvait de la détrôner au profit de Monsieur ?

— Je sais... Je sais... Puisque je pardonnerai à mon frère d'Orléans, pourquoi n'étendrai-je pas ma clémence jusqu'à son complice ?...

— Faiblesse !...

— Vous me demandez trop de têtes, Eminence... Chalais, Boutteville, des Chapelles sont morts sur l'échafaud.

— Ils avaient mérité le supplice.

— Laissez-moi donc le droit d'être miséricordieux.

— On doit écraser le serpent ?...

— Le reptile qui rampe. Soit !... Mais Montmorency est un lion...

— Pour le courage, oui Sire, mais...

— ... Achevez, Eminence...

— Je vais encore mécontenter Votre Majesté...

— Je vous ordonne de parler...

— Le lion fait place au serpent dont le regard fascine... Dans le cœur de toute femme, Eve sommeille, Sire,... et l'honneur de l'époux ne tient plus qu'à un fil que la première étreinte brisera...

— Oseriez-vous prétendre que le duc se serait permis de lever ses regards jusqu'à la reine ?

— Quand j'aurais ce courage, Sire ?

Louis XIII porta les mains à son front livide...

— Est-ce possible ? Après Buckingham :... Montmorency...

Le cardinal regardait froidement souffrir cet homme dont la jalousie convulsait la face...

Le roi quitta son fauteuil et vint droit au ministre.

— Vous venez de lancer une accusation effroyable contre la reine... Je ne veux ni faux fuyants, ni subtilités de prêtre... J'exige la preuve du délit?...

— Vous l'aurez, Sire.

— Quand ?

— Dès que Votre Majesté l'ordonnera.

— Donnez-moi cette preuve, monsieur le cardinal. Malheur aux coupables !... Je me vengerai d'effroyable façon !...

Le Cardinal défit un bracelet qui enserrait son poignet.

— Connaissez-vous ce bijou, Sire ?

Louis s'empara de l'objet qui lui était présenté...

Ses yeux fixes s'agrandirent démesurément... La folie sembla y avoir allumé de fauves lueurs.

— Le portrait de la reine enchâssé dans les mailles de ce bracelet... Insensé que j'étais lorsque je rêvais miséricorde et pardon !... Le duc mourra !... Voleur de trône !... Voleur de femme !... Ta tête roulera sur l'échafaud. . Quant à toi reine son pudeur, ton châtiment sera proportionné à l'énormité de ton crime.

Richelieu, étant sûr que le roi désirait maintenant autant qu'il pouvait la désirer lui-même la mort de Montmorency, résolut d'atténuer la culpabilité d'Anne d'Autriche.

— Votre Majesté, avant de punir la reine, ferait bien de s'assurer si c'est elle qui a remis le bracelet au duc... Ce bijou peut avoir été perdu... Le duc peut l'avoir trouvé sans qu'il y ait eu don de la part de Sa Majesté...

— Vous aviez, tout à l'heure, formellement accusé la reine ?

— Votre Majesté aura mal saisi le sens de mes paroles... J'ai formellement accusé le duc d'avoir osé lever les yeux jusqu'à la reine... Je viens d'en fournir la preuve... Ce fut même de l'ostentation de porter au poignet une image qu'un gentilhomme plus discret aurait dû jalousement cacher contre sa poitrine.

— Fasse le ciel que Montmorency, seul, soit coupable.

— Nul plus que moi — après Votre Majesté — le désire.

Richelieu s'inclina et se dirigea lentement vers la porte.

Louis XIII regarda sortir cet homme dans les mains duquel il n'était qu'un jouet...

— Comme il me torture en tenant ma jalousie en éveil... Je veux savoir !... Seigneur Dieu, faites que la reine soit innocente...

Louis leva les yeux vers le ciel, et, mentalement, lui adressa une courte prière...

Richelieu, dès qu'il eut quitté le roi, se dirigeait vers les appartements occupés par Anne d'Autriche lorsqu'il rencontra Estéfania (*Un baiser de Reine*).

— Ta maîtresse est-elle dans son oratoire ?

— Oui, Monseigneur.

— Annonce ma visite...

— Sa Majesté a consigné sa porte.

— Dis lui qu'il y va de son honneur ; peut-être de sa vie... Dépêche-toi, Estéfania, les minutes sont précieuses.

— Je cours !...

L'instant d'après Richelieu se trouvait en présence de la reine.

— Le motif qui vous fait troubler ma solitude est donc bien grave, monsieur le Cardinal ?

— Oui, Madame... Apprenez qu'un bracelet dans lequel le portrait de Votre Majesté se trouve enchâssé a été saisi sur Montmorency... Le roi vient d'être informé de ce fait...

— Informé... par qui ?

— Là n'est point la question, Madame... Votre époux va vous demander compte de la présence de ce portrait parmi les bijoux du duc... J'ai pensé être utile en prévenant Votre Majesté pour qu'elle ne soit pas prise au dépourvu...

— De la part de mon plus cruel ennemi, cette démarche a lieu de me surprendre.

— Je ne suis pas l'ennemi de Votre Majesté... Je n'ai d'autres ennemis que ceux du roi, de la reine et de la France...

— Je vous sais gré, monsieur le Cardinal, du souci que vous prenez de mon honneur... Je m'empresse cependant de vous déclarer que j'ignorais l'existence du portrait dont vous venez de me parler.

Richelieu regarda la reine qui rougit légèrement...

— Votre Majesté me traite en ennemi... Elle a tort... Montmorency a parlé...

— Qu'a-t-il dit ?

— L'empressement et l'émoi de Votre Majesté sont l'aveu qu'Elle n'ignorait pas autant qu'Elle le dit l'existence du bracelet...

— Soit !... Je connaissais son existence... De grâce, monsieur le Cardinal, répétez-moi les paroles du duc ?

— Me croirez-vous votre ami, Madame ?

— Je vous croirai *moins* mon ennemi...

— Montmorency a déclaré que ce portrait avait été peint d'après un médaillon représentant Vos Majestés... Ce médaillon avait appartenu à feu son cousin François de Montmorency, duc de Boutteville, et lui

avait été donné en souvenir par sa cousine au lendemain de l'exécution de celui-ci et de François de Ros-
madec, comte des Chapelles (*La Rosée Rouge*). Il a
juré que Votre Majesté ignorait son existence.

Estéfania entra précipitamment :

— Sa Majesté se dirige de ce côté !

Les paroles de la fidèle cameriste firent cesser l'en-
tretien.

— Sortez par cette porte, monsieur le Cardinal,...
et merci...

Richelieu baisa la main qui lui fut tendue et se retira la joie au cœur d'avoir forcé la reine à recon-
naître l'existence du bracelet... Il se réjouissait également du droit qu'il venait d'acquérir à la reconnais-
sance de sa souveraine.

La face blême du roi parut dans l'entrebaillement
de la porte donnant sur la galerie.

Anne se composa un visage souriant. Estéfania
semblait s'intéresser prodigieusement aux jeux de
lumières de ses bagues endiamantées.

Louis fit quelques pas dans la pièce...

La reine et sa cameriste se levèrent...

— Que cette fille s'éloigne.

Estéfania baisa la main de sa maîtresse, s'inclina
devant le roi dont elle exécuta l'ordre.

— Connaissez-vous ce bracelet, Madame ?...

Anne regarda le bijou qui lui était présenté.

— Il est fort beau... Je supplie Votre Majesté de
complimenter le peintre et le joailler qui en sont les
auteurs.

La pauvre femme, dont le cœur battait, à se briser, prit le bijou et l'examina de plus près...

Louis ne savait que penser : « Se trouvait-il en présence d'une femme injustement soupçonnée ?... Avait-il devant les yeux une habile comédienne ?

— Ce bijou me semblerait plus beau encore si, au lieu de mon image, la vôtre y était enchâssée... Promettez-moi, Sire, de me donner cette joie ?

— Vous n'avez pas répondu à ma question : « Connaissez-vous ce bracelet, Madame ? »

— Etourderie imputable à mon admiration, Sire... Comment connaîtrais-je — ou reconnaîtrais-je — un bijou qui me fut présenté, pour la première fois, il y a cinq minutes à peine ?...

— Vous êtes pieuse, Madame...

— Très pieuse, Sire.

— Jurez donc sur le Christ : que jamais ce bracelet ne vous a été montré...

« Dieu m'absoudra » — pensa la reine qui se dirigea vers le crucifix suspendu au mur.

Elle étendit la main :

— Je jure que jamais ce bracelet ne m'a été présenté avant aujourd'hui... Êtes-vous satisfait, Sire?...

— Oui, Madame.

— Daignerez-vous me faire connaître le motif qui vous a incité à exiger mon serment ?

— Ce bijou a été trouvé sur Montmorency, Madame ...Cet audacieux gentilhomme n'a pas craint de vous compromettre en se parant de votre image... Peut-être l'y avez-vous encouragé ?...

— Vous m'insultez, Sire...

— Après Buckingham...

— ... Sire !...

— ... Montmorency...

— Vous me calomniez, Louis... Vous savez pourtant que je n'ai jamais manqué à la foi jurée devant les autels... Que je suis une honnête femme... Est-ce que je puis empêcher des hommes de me trouver belle ?... Vous seul paraissez ignorer cette beauté, Sire...

— J'y rends hommage...

— ... Dans les bras d'une autre !..

— Anne !...

— Vous m'avez attaquée, Sire... Je me défends !... Ce n'est pas seulement mon honneur d'épouse délaissée que je veux jalousement garder hors du moindre soupçon. C'est aussi mon honneur de reine... Vous vous affichez avec cette Hautefort...

— ... Vous vous cachiez en compagnie de Buckingham ..

— ... C'est faux ! Paix au mort,... Sire...

— Parlez-vous au singulier, Madame ?

— Pourquoi cette question ?

— Parce que Montmorency rejoindra bientôt George de Villiers, duc de Buckingham... Vous aimer porte malheur, Madame...

Louis, afin de ne pas prolonger une scène où il jouait le mauvais rôle, quitta brusquement l'oratoire.

Anne tomba agenouillée devant le prie-Dieu qu'elle mouilla de ses larmes.

III

Le chevalier Jacques de Fontailles auquel l'inaction pesait lourdement, mit à profit l'heure où la nuit tombe pour quitter la demeure du marquis de Montresac et circuler dans les ruelles de Toulouse...

Les soldats du roi, les gardes du cardinal, les chevau-légers, s'agitaient dans cette ville sur laquelle la France entière avait les yeux fixés...

Des femmes causaient à voix basse. Toutes faisaient des vœux pour que Montmorency échappât au supplice.

L'attention du chevalier fut attirée par une femme brune dont les vêtements bariolés et les larges anneaux d'or suspendus aux oreilles dénonçaient l'origine gitane.

— Zora !... C'est bien elle...

La reine des gypsie entendit les paroles qui venaient d'être prononcées. Elle dévisagea le gentilhomme.

— N'êtes-vous pas le chevalier Jacques de Fontailles ?

— Tu as bonne mémoire, Zora.

— Je n'ai rien oublié... Ni votre amitié pour le comte Renaud de Miramas (*Un baiser de Reine*)... Ni le crime de l'Intendant de Champagne.

Le chevalier entraîna la jeune femme à l'écart.

— Es-tu disposée à me servir ?

— Oui !

— J'accepte d'avance le prix que tu fixeras...

— Bien !... De quoi s'agit-il ?

Fontailles regarda d'abord soupçonneusement autour de lui ; puis murmura presque :

— Je veux sauver Montmorency.

— Je le veux également, monsieur le chevalier...

— Brave Zora !...

— Avez-vous conçu un plan ?

— Oui !...

— Le lieu est mal choisi pour causer...

— C'est mon avis.

— Suivez-moi, mon gentilhomme.

— Jusqu'au Paradis si tu daignes me l'ouvrir, belle Zora...

La gitane sourit et menaça du doigt le galant chevalier.

Ils gagnèrent une maison située non loin des portes de la ville.

— C'est ici !...

Tout en parlant, la reine des Gypsies avait frappé trois fois dans ses mains.

La porte fut ouverte. Une femme tenant une lanterne se présenta sur le seuil.

— Entrez, mon gentilhomme... Saryta, guide-nous vers la chambre des armes.

— Oui, belle souveraine...

Ils suivirent un couloir sur lequel donnaient plusieurs portes. Saryta ouvrit l'une d'elles et s'effaça pour laisser pénétrer Zora et Fontailles dans une pièce où se trouvaient à profusion piques et mousquets; rapières, dagues et pistolets.

Pendant que Saryta mettait le feu à la mèche de deux lampes, Zora se débarrassait de l'écharpe qui couvrait à demi son visage.

Jacques constata que la bohémienne était encore plus séduisante qu'en 1625... Les sept années écoulées avaient fait, de la jeune fille mince, une sculpturale créature. Le visage était demeuré d'une ensorcelante beauté.

Le gentilhomme déclara à haute voix, ce qu'il pensait sincèrement.

— Je suis flattée du compliment que vous venez de me faire; mais nous ne sommes pas ici pour causer d'amour...

— C'est juste, belle Zora...

— Par quel moyen comptez-vous sauver le duc?

— Nous avons résolu de nous procurer des robes de pénitents afin de pénétrer dans le cachot de Montmorency.

— Une fois dans le cachot?

— Nous lui ferons revêtir une de ces robes et nous attendrons l'occasion favorable pour l'emmener hors de sa sinistre demeure.

— Ce plan serait facilement réalisable si le duc était un prisonnier ordinaire... et si le cardinal se montrait moins impatient de le savoir mort.

— Tu m'effraies !...

— Il y a de quoi !... Apprenez-donc que le duc Henri sera jugé demain.

— Déjà !

— Richelieu est pressé... Il craint une manifestation populaire en faveur de son ennemi.

— Demain !

— Vous ignorez encore, seigneur chevalier, que Montmorency a déclaré renoncer à se défendre...

— Se pourrait-il ?

— C'est exact ! « Mon procès ne sera pas long... Je ne chercherai pas à chicaner pour ma vie... Dès ma première réponse je m'avouerai coupable ». Telles sont les paroles prononcées par ce héros...

— Comment sont-elles parvenues jusqu'à tes oreilles ?

— Les gypsis savent tout,... entendent tout,... sont partout.

— Ce qui signifie qu'un de tes frères a pu pénétrer dans l'Hôtel de Ville.

— En effet, nous avons des intelligences dans la prison.

— C'est le Ciel qui t'a mise sur ma route, belle Zora... Quel moyen proposes-tu pour arriver à nos fins ?

— Attendre le jugement... Le duc sera sûrement condamné à mort...

— Qu'en sais-tu ?

— Le roi et le cardinal veulent sa mort, le président du tribunal, Châteauneuf, dirigera les débats dans ce sens.

— C'est malheureusement probable.

— Il faut donc que le duc soit enlevé de sa prison

demain soir, ou après-demain au plus tard,.. Les troupes campées autour de la ville ont reçu l'ordre d'y entrer le 29 au soir afin d'étouffer les efforts que tenteraient les amis de Montmorency... Le roi aurait-il cent fois plus de soldats que cet effort sera tenté par mes gypsis. Tout est prêt pour un coup d'audace.

Zora montra les armes...

— Ces bohémiens porteurs de mousquets, de piques et de rapières seront reconnus parmi la foule...

— Ils seront vêtus en chevau-légers de Schomberg.

— Et si ce sont les mousquetaires qui forment une infranchissable barrière devant l'Hôtel de Ville ?

— Les chevau-légers de Schomberg seront seuls chargés de ce service.

— La raison ?

— Richelieu se méfie des mousquetaires dont la plupart manifestent leurs sympathies pour le duc.

— Tu as réponse à tout, ma belle Zora...

La gypsie eut un geste énergique.

— Réponse à tout !... Prête à tout ! chevalier... Êtes-vous seul à Toulouse ?

— Mme de Chevreuse, sa filleule.

— Mlle des Chapelles ?

— Oui ! .. Rapabère et Dravidiens...

— Je connais ces braves gentilshommes.

— Vraiment ?

— Leurs maîtresses sont gypsies...

— Ce qui prouve que mes nouveaux amis sont hommes de goût.

LA FORTUNE & LES FEMMES

— Vos nouveaux amis ?

— Mon Dieu, oui... Nous avons chargé ensemble à Castelnaudary... Nous avons été faits prisonniers ensemble... Schomberg nous a remis en liberté...

— ... Ensemble !...

— Juste !...

— Et la duchesse ?...

— ... a chargé avec plus d'ardeur que nous... Elle était, avec sa filleule, aux côtés du duc lorsqu'il pénétra à travers les lignes ennemies.

— Braves cœurs !... Allez leur annoncer que Zora veut sauver le duc...

— J'y cours !...

— Où demeurez-vous ?

— Chez le marquis de Montresac...

— ... dont l'hôtel est situé à cinquante pas du Capitole.

— C'est cela même.

— Demain, vous recevrez de mes nouvelles, chevalier... Jusque là ne tentez rien... Laissez leurs robes aux pénitents ; mais aiguisez vos poignards.

— Le Conseil est sage... A demain !... Zora...

— A demain chevalier...

IV

Le 27 octobre 1632, Montmorency fut amené devant ses juges.

Le garde des Sceaux, Châteauneuf, lui demanda :

— Vous reconnaissez-vous coupable du crime de rébellion envers le roi de France ? Êtes-vous disposé à en demander pardon à Dieu et au roi ?

— Si le roi me fait grâce, je le servirai mieux que jamais, et je ne le souhaite que pour employer le reste de mes jours et de mon sang pour son service, et pour réparer les manquements que je reconnais avoir faits. (*Textuel*).

Les juges rendirent la sentence qui condamnait le prisonnier à mort.

Le duc fut reconduit à son cachot.

Il obtint la faveur de pouvoir converser avec ses amis. Il écrivit longuement à sa femme. Régla quelques affaires. Déclara qu'il pardonnait à ses ennemis. Dit adieu à ses amis et déplora devant eux de s'être révolté contre le roi de France.

Puis, stoïque, il attendit le bourreau.

La princesse de Condé, sœur du prisonnier, se jeta vainement aux pieds de Louis XIII.

Richelieu veillait auprès de son maître... Ce fut lui qui conseilla au roi de remettre à la famille la confiscation des biens prononcée par l'arrêt. La tête du héros suffisait à sa haine... Le sang du chef de la branche cadette de l'illustre maison de Montmorency allait rendre plus éclatante la pourpre cardinalice.

Les habitants de Toulouse se livrèrent ouvertement à leur douleur. On en vit qui couraient dans les rues comme des insensés, s'écriant d'un ton désespéré :

— Qu'on prenne nos biens...

— ... Qu'on nous tue nous-mêmes...

— ... Mais qu'IL ait la vie sauve.

Le peuple, les officiers, les soldats, massés devant les fenêtres de l'Hôtel de Ville, criaient :

— Grâce !...

— Sire !... Faites grâce !...

Des courtisans, les yeux rougis de larmes, se jetèrent aux genoux du roi :

— Pardonnez à ce héros, Sire... Il vous gagnera des batailles pour racheter sa faute.

— La seule grâce que je lui accorde, Messieurs, c'est que le bourreau ne le touchera point, ne lui liera pas les membres et ne fera que lui couper le cou.

— Un sentiment d'horreur glaça le sang des plus braves...

... La nuit était tombée — lugubre — sur la capitale du Languedoc.

Montmorency étendu tout habillé sur sa couchette, souffrait de ses blessures à peine cicatrisées... Il songeait à sa femme qui lui avait promis de s'enfermer pour toujours dans le couvent des religieuses de Moulins... Il pensait à la reine dont il n'était séparé que par l'épaisseur des murailles et des voûtes de son cachot.

Richelieu, assis devant une cheminée dont les flammes éclairaient — seules — la pièce, savourait déjà une vengeance qu'il voulait mener à bonne fin... Cette unanimité de sentiments manifestée en faveur du condamné ne lui disait rien qui vaille... Il craignait « un coup de main » dirigé contre le Capitole.

Les troupes campées hors de la ville avaient reçu l'ordre de franchir les portes si le populaire devenait par trop turbulent...

Louis XIII, étendu sur un divan, essayait vainement de réagir contre la vision de l'homme qu'il allait envoyer à la mort.

Montmorency, pâle et grave, était présent à son esprit...

Anne d'Autriche et Estéfania priaient dans l'oratoire.

La Porte, le fidèle serviteur de la reine, se tenait près d'une des fenêtres.

Au dehors, la foule continuait ses lamentations. Des clameurs montaient de son sein et frappaient les oreilles des habitants du Capitole.

Il semblait que la ville tout entière se fut donnée rendez-vous pour cerner ce monument.

Richelieu quitta son fauteuil et s'élança vers une fenêtre.

A perte de vue, dans les rues aboutissant à l'Hôtel de Ville, une marée d'êtres humains s'agitait menaçant d'engloutir les chevau-légers qui essayaient de l'endiguer.

Marie de Chevreuse, Marie des Chapelles, Jacques de Fontailles, Agamemnon de Rapabère, Jean de Dravidiens, le marquis de Montresac, déguisés en soldats, en ouvriers, marchaient à la tête des gypsis déguisés en soldats et en ribauds...

Les femmes de la tribu travesties en pages et en

cadets aux gardes s'avançaient conduites par Zora et Saryta...

Tout ce que la ville comptait de bateleurs, baladins, ribaudes obéissaient à la brune reine gypsie.

Le geôlier chef de l'Hôtel de Ville ne demandait qu'à être « forcé » de livrer ses clefs. Cet homme adorait Saryta qui, jusqu'à ce jour — cette nuit serait plus exact — ne lui avait accordé que des sourires railleurs.

Ce fut lui qui conseilla aux gypsies de se masser devant l'étroite porte située à gauche de l'entrée principale...

— Vous n'aurez qu'à la pousser... Je serai derrière elle... Vous m'attaquerez... Je tomberai à terre... Vos compagnons envahiront l'Hôtel de Ville, pendant que le peuple égorgera les chevau-légers... Il faudra que le mouvement soit rapidement exécuté afin de ne pas donner l'éveil aux troupes campées hors de la ville.

Un baiser de Saryta fut la première récompense qu'il reçut pour prix de sa trahison envers ses maîtres — le roi et l'implacable Éminence.

Celui-ci, dont la haute taille semblait plus élevée encore derrière les vitres incendiées par les flammes du brasier qui brûlait dans la cheminée, avait été reconnu par la foule.

Un cri terrible retentit :

« Montmorency ! »

Richelieu demeura impassible.

La lune dégagée des nuages qui la voilaient éclaira

le visage du ministre, pendant que les flammes du foyer embrasaient la pièce de leur rouge lueur.

— L'homme à LA POURPRE SANGLANTE ne fera donc jamais grâce ? — cria Dravidiens.

Le cardinal entendit cette phrase... Il fit un geste dont la terrible signification était :

« JAMAIS ! »

Des huées accueillirent cette bravade... La foule excitée par les chefs du « mouvement » se rua sur les chevau-légers dont plusieurs furent mortellement atteints.

Fontailles, Rapabère, Dravidiens, Montresac, la duchesse de Chevreuse et la comtesse des Chapelles essayèrent vainement de forcer la barrière opposée par les compagnies de Schomberg... Les gypsis voyaient leurs efforts repoussés par ces stoïques soldats réguliers... Au moment où Zora, Saryta et leurs compagnes allaient mettre à exécution le plan tracé par le geôlier-chef, une panique jeta le trouble parmi les assiégeants... Les troupes campées hors de la ville venaient d'exécuter les ordres préventifs du cardinal.

Les émeutiers, assaillis de toute part, s'enfuirent en désordre.

Sur un ordre bref de Zora, les gypsis se dispersèrent.

La duchesse et sa filleule furent entraînées par la reine des bohémiens.

—Venez !... Venez vite, Mesdames, pendant qu'il est temps encore.

— Le duc est perdu.

— Non, Mademoiselle... Zora répond de lui.

Les paroles de Fontailles décidèrent les deux femmes à suivre la gypsie et les gentilshommes.

Pendant que les troupes royales prenaient possession des rues aboutissant à l'Hôtel de Ville, Richelieu s'était rendu auprès de Louis XIII. Il lui fit entrevoir le danger qu'il y aurait à supplicier publiquement le duc.

— Que faire ?

— Dresser l'échafaud dans la cour même du Capitole.

— Soit !

— Quel jour ?

— Demain, s'il plaît à Votre Majesté.

— Non !... Laissez à Montmorency une journée encore pour se préparer à mourir en chrétien.

— Le vingt-neuf, l'échafaud sera dressé, Sire...

— A quelle heure ?

— Au point du jour, Sire.

— Très bien !...

— Et cette émeute ?

— Les troupes de Votre Majesté n'ont eu qu'à paraître pour rétablir l'ordre.

— Êtes-vous certain que Mme de Chevreuse soit morte, Eminence ?

— Tout le fait supposer, Sire.

— Son corps n'a pas été retrouvé ?

— Le feu l'aura réduite en cendres ainsi que ceux

de la comtesse des Chapelles, de Montorcy et de leurs compagnons. (*La Belle Conspiratrice.*)

— Je ne croirai la duchesse morte que le jour où je verrai son cadavre.

Richelieu songeur ne répondit pas tout d'abord... puis :

— Votre Majesté a raison... Cette femme est le diable en personne...

— ... et cette émeute me semble allumée par elle.

— Qui vous fait supposer, Sire ?

— ... Un pressentiment... Ne me quittez pas, monsieur le cardinal... Vous passerez la nuit ici...

— Ne suis-je pas le plus obéissant serviteur de mon roi ?

— Obéissant !... Peut-être...

— Dévoué !... Certainement, Sire.

Montmorency avait quitté sa couchette... Il était assis sur l'escabeau de bois placé devant la meurtrière par laquelle arrivaient l'air et les clameurs de la foule.

Il reconnut la voix vibrante de Dravidiens lorsque celui-ci interpella le ministre du roi.

Un sourire résigné erra sur ses lèvres.

Quant au tumulte succéda le calme, Henri devina que le coup de main tenté en sa faveur avait échoué.

L'infortuné gentilhomme leva les yeux vers le ciel et dit :

— Que la volonté de Dieu s'accomplisse...

Le duc se leva pour aller prendre le crucifix placé sur une table ; puis, s'agenouillant, il pria...

. . . .

La porte du cachot fut ouverte sans bruit. La duchesse de Chevreuse, Zora, Fontailles et Saryta pénétrèrent à la suite du geôlier-chef.

Le duc tressaillit en reconnaissant la duchesse et le chevalier.

— Vous !... Vous !...

Marie de Chevreuse s'approcha du noble prisonnier.

— La reine vous supplie de nous suivre, duc... Ne perdons pas un instant... Les portes de cette demeure sont ouvertes... Voici des vêtements... Habillez-vous... Puis en route vers l'Espagne... Vers la liberté.

Fontailles avait posé un paquet de hardes sur la couchette.

— A quoi bon vivre, Madame, si cette existence que vous m'offrez doit se traîner tristement à l'étranger... loin des créatures aimées ?

— La reine ordonne que vous viviez !...

— Me suivra-t-elle ?

— Le devoir lui commande de rester auprès de son époux.

— Vous voyez bien que je n'ai plus qu'à mourir.

— Pourquoi refuser cette liberté que vous ordonne d'accepter la femme que vous aimez et qui vous aime ?

— Parce que vivre sans elle me serait le plus horrible des supplices...

Le geôlier s'avança :

— Décidez-vous, monseigneur... Dans une minute il sera trop tard ?

— Je suis coupable... Je dois mourir... Adieu tous !... Dites à la reine de me pardonner ma désobéissance...

— Le roi et son ministre seront responsables devant Dieu du sang qui coulera de vos veines, monseigneur — dit Zora.

— Qui êtes-vous, amie ?

— Zora la bohémienne...

— La reine des gypsies... La devineresse...

— Et vous, mon jeune cavalier ?

— Je suis Saryta, monseigneur...

— Zora, Saryta, soyez bénies... Merci duchesse .. Merci Fontailles...

— Le moment de quitter ce cachot est arrivé... Suivez-moi tous, dit le geôlier...

— Allez !... Je reste... — déclara le duc.

Le 30 octobre, dès l'aube, le cachot fut ouvert. Des hallebardiers vêtus de noir, un conseiller à la Grande Chambre et des gardes pénétrèrent.

— Monsieur le conseiller du roi, — annonça le geôlier...

Le magistrat salua le duc.

— Monsieur, tenez-vous prêt... ce doit être pour aujourd'hui.

— J'ai entendu les charpentiers dresser l'échaufaud

et clouer mon cercueil... Je suis prêt, monsieur le conseiller...

L'échafaud avait été dressé dans la cour de l'Hôtel de ville.

Les portes furent closes. Le grand prévôt, les archers, le greffier du parlement, les capitouls et les officiers du corps de ville avaient seuls été admis à contempler l'exécution.

Montmorency, vêtu de noir, parut...

Il écoutait attentivement les paroles du père Arnoux, son confesseur. Puis, à plusieurs reprises, il baisa le crucifix qu'il tenait à la main.

Il s'inclina devant la statue de Henri IV, son parrain, et sourit en disant :

— Le père m'a prodigué mille caresses... Le fils me fait mourir...

Montmorency traversa les rangs des archers et des gardes, atteignit l'échafaud dont il gravit les marches d'un pas ferme.

Le bourreau n'ayant pas le droit de toucher à la personne du condamné, ce fut Lucaute, le chirurgien du duc, qui reçut l'ordre de lui couper les cheveux.

— Jamais je ne pourrai vous rendre ce dernier devoir, mon cher maître.

Henri essaya de le consoler.

— Pourquoi vous affliger plus que moi, mon pauvre Lucaute?... Allons, courage... Venez recevoir mon suprême adieu, tandis que j'ai les mains libres...

Il donna l'accolade au chirurgien.

— Retournez vers la duchesse, ma femme, et protestez-lui que je meurs avec le regret de mes torts envers elle .. Allez, mon ami, courage...

Se tournant alors vers le bourreau.

— Je renonce à mon droit de mourir les mains libres... Préparez vos cordes pendant que je vais retirer mes habits... Oserais-je bien, étant criminel comme je le suis, aller à la mort avec vanité, pendant que mon Sauveur innocent est mort tout nu sur la croix.

Il se dépouilla lui-même de ses habits superbes, qu'il était libre de garder.

Le bourreau lui noua les cordes autour des bras.

— Faites en sorte que ma tête ne tombe point à terre... Ayez égard à cette dernière faiblesse.

Il se mit à genoux devant le billot, mais il lui fallut beaucoup d'efforts avant de parvenir à y appuyer sa tête, à cause d'une blessure à la gorge qui n'était pas cicatrisée.

— Bourreau — cria-t-il — frappez hardiment!... Seigneur Jésus, recevez mon âme!...

Une des fenêtres du Capitole fut ouverte... Richelieu parut assez à temps pour voir la hache du bourreau trancher la tête de son ennemi...

La dernière conspiration fut celle de Cinq-Mars, ce favori du roi qui, élevé à la dignité de grand écuyer, se perdit en signant un traité d'alliance avec les Espagnols. Richelieu, presque mourant, se procura, à prix d'or, une copie du traité et la fit parvenir à Louis XIII.

Cinq-Mars fut condamné par une commission extra-ordinaire composée de créatures du cardinal. Son ami de Thou qui l'avait suivi dans ses projets contre la France, partagea son sort.

Ils furent décapités à Lyon en septembre 1642.

Le duc de Bouillon se tira encore d'affaire en livrant Sedan qui fut réuni à la France. M. de Fabert en fut nommé gouverneur.

Le cardinal survécut peu à ce triomphe...

Les hémorroïdes qui le torturaient sans relâche affaiblissaient son corps. Il céda aux sollicitations de son entourage qui lui conseillait d'user des « drogues merveilleuses » préparées secrètement par Zora, la reine des gypsies.

Celle-ci livra un élixir qui n'eut pour résultat que d'halluciner le malade... Les spectres des gentilshommes morts d'après ses ordres vinrent l'angoisser.

Zora la gypsie jouissait de son « œuvre » : Miramas (*Un baiser de Reine*) était enfin vengé.

Richelieu devinant sa fin prochaine, recommanda les siens au roi. Il nomma sa nièce préférée, — la duchesse d'Aiguillon, — surintendante de sa famille. Il mourut le 4 décembre 1642.

Ses dernières paroles avaient été pour recommander Mazarin, son élève, à la confiance royale.

Pendant l'agonie du ministre on vit Louis XIII sourire ; ce qui confirma l'opinion déjà établie, que

ce prince regardait avec plaisir le terme de la modi-
nation exercée sur lui par son ministre.

Quand on lui annonça qu'il venait d'expirer, il dit
simplement :

— Voilà un grand politique de mort.

Telle fut l'oraison funèbre de l'homme à LA POUR-
PRE SANGLANTE.

Le roi, trompant l'attente générale, conserva ses
bonnes grâces à la famille de Richelieu. Il lui accorda
même de nouveaux honneurs.

Louis XIII ordonna qu'on mît en liberté quantité
de prisonniers que son ministre avait fait arrêter sous
divers prétextes.

Le maréchal de Bassompierre et le comte de Car-
main, enfermés à la Bastille depuis dix ans n'eussent
probablement revu la lumière du jour si le cardinal
avait vécu.

Louis XIII ne changea rien à la politique de Richelieu. Il appela au conseil celui qui pouvait la continuer, Jules Mazarin, l'ami et le dépositaire des pensées du grand ministre.

Le roi, attaqué par une maladie de langueur se
préparait à la mort qui avançait à grand pas. Il
nomma Anne d'Autriche, régente, son frère, Gaston, lieutenant général du royaume, et le prince de
Condé, chef du conseil souverain.

Louis XIII mourut le 14 mai 1643, à l'âge de quarante trois ans, peu regretté, comme il avait vécu peu
aimé.

DEUXIÈME PARTIE

I

L'antichambre de M. de Tréville était pleine de mousquetaires, gascons pour la plupart, à en juger par leur langage.

Trois frères : Athos, Porthos, Aramis que M. de Tréville avait tirés du Béarn, où ils s'étaient acquis beaucoup de réputation dans des rencontres courageusement soutenues, riaient en devisant avec un cadet aux gardes de M. des Essarts — D'Artagnan (*Historique*).

L'uniforme militaire n'existait pas encore. Mousquetaires et gardes portaient dans le service, la casaque, grand surtout à manches larges, aux couleurs du roi ou du cardinal, qu'ils passaient par-dessus le vêtement civil. En campagne, ils avaient le buffetin, vêtement de peau, avec le colletin, c'est-à-dire, le hausse-col d'acier. A la ville, les uns et les autres étaient habillés comme tous les gens d'épées. Il fallait qu'ils se connussent personnellement, pour être fixés sur leurs situations respectives. (MÉMOIRES DE M. D'ARTAGNAN, CAPITAINE-LIEUTENANT DE LA 1ʳᵉ COMPAGNIE DES MOUSQUETAIRES DU ROI.

Un jeune homme — presque un enfant — pénétra dans l'antichambre. Ses regards se portèrent successivement sur quelques gentilshommes revêtus de la casaque aux couleurs royales.

D'Artagnan remarqua le nouveau venu.

— Cadedis !... Je me revois, il y a trois ans, lorsque je pénétrai pour la première fois chez Monsieur de Tréville... Regardez, mes amis !...

Les mousquetaires sourirent en voyant le jeune homme se diriger délibérèment vers eux.

— Ne me reconnaissez-vous pas, Messieurs ?

— Roland d'Estocadès !

— Si jou vous reconnais, cadedis !

— C'est lou petit Roland !

— Mille dious !

Huit mains furent offertes au jeune d'Estocadès. Celui rayonnait de se voir si bien accueilli.

— Et que venez-vous chercher ici ?

— Fortune, Messieurs.

— Comme nous ! ! !

— Comme vous, mon Dieu oui.

— Votre père, monsieur d'Artagnan, m'a remis une lettre pour...

— ... Chers parents !... Ils vont bien j'espère ?

— Fort bien !...

D'Estocadès avait tiré deux lettres de la poche intérieure de son pourpoint.

Il en donna une à d'Artagnan.

— Pour vous, Messieurs, celle-ci.

Athos, l'aîné des trois frères, prit la lettre... Des larmes de joie brillaient dans les yeux de ces hommes à la pensée qu'ils allaient lire la prose paternelle.

ROLAND BLÊME DE RAGE.....

L'antichambre luxueuse disparut... Leurs pensées allaient aux modestes gentilshommières où vivaient leurs parents.

Ceux de d'Artagnan rappelaient à leur fils que l'honneur d'un homme de guerre est aussi délicat que celui d'une femme, dont la renommée ne souffre pas le moindre soupçon. Puis ils le chargèrent de les rappeler au bon souvenir de leur illustre compatriote, M. de Tréville, et de lui présenter le jeune d'Estocadès.

La lettre remise aux trois frères différait peu de celle de d'Artagnan. Mêmes conseils envers l'honneur. Un mot aimable pour M. de Tréville, à qui Roland devait être présenté...

Celui-ci donna de vive voix des nouvelles du pays.

— Cadedis ! mon cher Roland vous êtes prodigieusement grandi depuis notre dernière rencontre...

— Il y a six ans que vous n'êtes venu en Béarn, monsieur Athos.

— Le Béarn est loin de la Cour...

— Où demeurez-vous ?

— Rue des Fossoyeurs, dans une auberge à l'enseigne du *Gaillard-Bois*... C'est votre père qui me l'a indiquée, monsieur d'Artagnan.

— Et il a bien fait, mon brave gentilhomme de père... C'est là que je suis descendu le jour de mon arrivée à Paris... Je souhaite que ce logis vous porte également bonheur, Roland.

— Merci, Monsieur.

— Notre garde est terminée. Je propose donc

d'emmener notre compatriote vers une auberge, où, tout en déjeunant, nous causerons du pays.

La proposition d'Aramis fut favorablement accueillie.

Les gentilshommes se disposaient à quitter l'antichambre lorsque la porte du cabinet s'ouvrit pour livrer passage à M. de Tréville.

Athos profita de l'aubaine pour présenter d'Estocadès.

Le commandant des mousquetaires du roi jeta les yeux sur le jeune béarnais.

Mais c'est un enfant, un véritable enfant ! — s'écriat-il.

— J'étais comme lui... il y a trois ans.

— C'est vrai, mon cher d'Artagnan... Vos dix-huit ans ne vous ont pas empêché de transpercer le capitaine Bernajoux du régiment de Navarre... Amenez-moi votre protégé... à l'heure du dîner... A ce soir, Messieurs et faites provision d'appétit...

Les mousquetaires, le garde et Roland saluèrent respectueusement l'excellent gentilhomme et le remercièrent de l'honneur qu'il venait de leur accorder en les invitant à s'asseoir à sa table.

Après le déjeuner, d'Artagnan proposa à ses amis d'entrer en un jeu de paume situé derrière les écuries du Luxembourg.

Athos, Porthos et Aramis acceptèrent avec empressement.

— Connaissez-vous ce jeu, Roland ?

— Non, monsieur d'Artagnan.

— Mordi ! vous l'apprendrez... voilà tout !...

— Avec des maîtres tels que vous, Messieurs, je deviendrai un peloteur de premier ordre.

Les gascons se rendirent au jeu où se trouvait une nombreuse assistance d'hommes d'épée.

Quelques gardes du feu cardinal reconnurent — bien qu'ils ne portâssent point la casaque de service — les mousquetaires de la compagnie de Tréville.

Un des gardes fit exprès d'envoyer la pelote dans la direction des gentilshommes. D'Estocadès fut atteint en plein front. Heureusement le chapeau amortit la rudesse du choc.

Roland blême de rage s'était déja élancé sur le maladroit volontaire et l'avait souffleté.

Celui-ci poussa un rugissement de fauve et tira l'épée hors du fourreau.

D'Estocadès imita ce mouvement.

Les amis du garde et ceux du jeune gascon en firent autant de leur côté.

En moins de temps qu'il ne m'en faut pour l'écrire, Roland avait donné deux coups d'épée à son adversaire : l'un dans le bras et l'autre dans le corps.

Athos et Aramis avaient fourni aux leurs un superbe coup droit. Quant à Porthos, il venait de tuer le sien.

Il fut convenu entre les adversaires que ce combat devait être considéré comme une rixe fortuite et non comme un duel, arrêté et convenu à l'avance.

Si Richelieu était mort, le terrible Edit contre les duellistes subsistait toujours. La « sagesse » exigeait donc que les combattants se missent en règles pour déjouer la police.

Les gascons quittèrent le jeu de paume et se rendirent chez d'Estocadès où ils réparèrent le désordre que le combat avait apporté dans leur tenue ; puis il gagnèrent l'hôtel de Tréville.

Le commandant des mousquetaires attendait ses invités.

Quand il apprit la belle conduite de Roland il l'en félicita.

Le jeune homme fut charmé d'avoir débuté dans le monde des escrimeurs en tuant presque un adversaire.

Les autres convives arrivèrent successivement. On se mit à table et on but à la santé et aux exploits d'Estocadès qui fut jugé digne de marcher sur les traces de ses amis et compatriotes.

Après le dîner on joua au lansquenet. Comme un bonheur ne vient jamais seul, Roland eut la chance de gagner trente louis.

Monsieur des Essarts, beau-frère de monsieur de Tréville, annonça au jeune gascon qu'il acceptait de le prendre comme cadet dans la compagnie de gardes dont il était le capitaine.

D'Artagnan faisait partie de cette compagnie où il était entré comme cadet en 1640.

II

L'aubergiste du *Gaillard Bois* était une brune « piquante » aux yeux hardis et aux lèvres rougis.

Les joueurs de boules qui se réunissaient chez elle lui débitaient force compliments dont la commère ne faisait que rire.

François Giraud, son époux, avait servi dans l'armée royale ; mais à la suite d'un héritage il quitta l'uniforme, acheta l'auberge de la rue des Fossoyeurs et demanda la main de Marton, fille de Saturnin Lafleur et de Cateau sa femme.

Comme les époux Lafleur n'étaient pas riches ; que Marton n'avait qu'une modeste dot à espérer. La demande du fortuné François Giraud fut favorablement accueillie. . Le Picard Labranche qui adorait la jeune fille en eut la fièvre (*La Belle Conspiratrice*).

Ce fut Marton qui reçut d'Estocadès lorsqu'il descendit de cheval :

— Ouf !...

— Quel soupir !... Vous venez donc de très loin mon gentilhomme ?

— Du Béarn... Tout d'une traite...

— Sans vous reposer...

— Les gascons ne se reposent jamais, Cadedis !...

Cette réponse émerveilla l'aubergiste.

— Les gascons, belle brune, ne s'arrêtent qu'au but de leurs entreprises... Comme je suis arrivé au but de mon voyage,... je descends de cheval,... je te

prends la taille... comme cela... et un baiser comme
ceci...

Finissez !... Si mon mari...

— ... Il verrait que je trouve sa femme jolie...

— ... Et que vous le prouvez.

Les gascons ont le courage de leurs convictions...
Ils joignent le geste à la parole...

— Je viens de m'en apercevoir...

— C'est une façon de lier connaissance qui en vaut
certes une autre.

— Elle vaut même mieux, mon gentilhomme.

— Tu vois bien, couquinette !...

Marton avait attaché la bride du cheval à un anneau fixé dans la muraille.

— Belle brune...

— Appelez-moi Marton...

— Superbe Marton...

— Va pour superbe...

— Je suis gascon, c'est-à-dire « glorieux » et n'ai-
mant pas à confesser ma pauvreté ; mais, comme
avant tout je suis honnête, je désire que tu me don-
nes une chambre modeste... Comme l'état de ma
bourse... Je prendrai pension chez toi... Toutes mes
dépenses seront fidèlement payées... Est-ce dit ?

— Oui !... Vous n'aurez pas à regretter votre fran-
chise...

— Voilà qui est entendu... Indique-moi la chambre
que tu me destines... J'y réparerai le désordre de ma
toilette... Je me rendrai ensuite à l'Hôtel de Tréville
... Est-ce loin l'Hôtel de Tréville ?

— A cent pas de mon auberge...

— Vive dious !... Voilà qui commence bien...

Quelques instants après, d'Estocádès quittait son logis ; entrait à l'Hôtel de la rue du Colombier où il retrouvait ses quatre compatriotes... ; était présenté à M. Tréville et à M. des Essarts, se battait avec un garde et le blessait mortellement.

Roland n'eut pas à regretter son installation chez les époux Giraud. La femme — nous l'avons dit — était séduisante, et le mari aimable compagnon, bien qu'il eut perdu l'œil droit à la guerre, gagné des douleurs à passer les nuits dans la tranchée. Enfin François avait vingt-cinq ans de plus que sa femme...

La rue des Fossoyeurs, voisine de l'église Saint-Sulpice, l'était également de la rue du Vieux-Colombier, où demeurait d'Artagnan, et de l'hôtel des Mousquetaires, rue du Bac, où les trois frères avaient élu domicile.

Athos, Porthos, Aramis et d'Artagnan prirent tellement d'Estocádès en affection qu'ils le présentèrent à leurs amis qui presque tous étaient devenus les siens.

La vie se présentait radieuse pour le cadet aux gardes. Celui-ci sortait rarement sans être accompagné de ses amis, et rentrait de même au logis.

La rencontre avec les gardes du cardinal n'avait pas eu de suites fâcheuses pour Roland et ses amis. Ils pensaient même qu'elle n'en aurait jamais, lorsqu'un matin l'hôtesse reçut la visite d'un homme dont le visage était agrémenté d'une longue barbe...

— Le chevalier Roland d'Estocades, belle enfant ?

— Il me fait l'honneur de demeurer chez moi.

— Est-il présent ?

— Oui !

— Indique-moi son appartement ?

Cette figure étrange ne disait rien qui vaille à la jeune femme.

— Accordez-moi une seconde, Monsieur, et je vous conduirai vers le chevalier.

Marton entra dans la cuisine et s'empara d'un couteau qu'elle fit disparaître dans la poche droite de son tablier. Elle recommanda vivement à François qui remontait de la cave, les mains pleines de poussiéreuses bouteilles, de veiller à ce que les viandes mises à la broche ne fussent pas brûlées.

— Où vas-tu femme ?

— Guider un gentilhomme qui désire parler au chevalier.

— Si matin ?

— Oui !...

— Quelque témoin pour un duel...

— Deviendrais-tu curieux, mon homme ?

— Ma foi non !... Vas conduire ce matinal visiteur...

— Veille aux broches.

— Je sais obéir à une consigne, Marton...

L'ancien soldat rit très fort de sa réplique. Quant à l'hôtesse elle avait rejoint le visiteur.

— Venez, Monsieur... C'est au premier étage...

— Quelle porte ?... A droite ?... A gauche ?... En face ?...

Pourquoi mes questions demeurent-elles sans réponses ?

— Parce que je vais avoir l'honneur de vous conduire.

— Tu aurais pu t'éviter cette peine en me renseignant mieux.

— Vous n'êtes pas galant de faire si peu de cas de ma compagnie...

— Je proteste !...

— C'est ici !... La clef est sur la porte... Il ne redoute pas les voleurs ce gentil chevalier...

— Ah !... Il est gentil ?

— Un amour !... Un véritable amour de Gascogne.

Marton heurta l'huis.

— Entrez !...

La porte fut ouverte... et laissa voir le chevalier encore au lit.

Madame Giraud entra la première.

Roland allait lui adresser un amical « bonjour » lorsqu'il aperçut le visiteur.

— Que veut ce gentilhomme ?

— Vous parler en particulier, monsieur le chevalier ?

— Votre nom ?

— D'Embuscade...

— Le chef des « Intrépides » du Pont-Neuf ! — s'écria Marton...

— Lui-même...

— Méfiance, monsieur le chevalier... Cet homme est capable de tout.

— C'est annoncer que je suis capable d'un bon mouvement, belle hôtesse, et c'est pourquoi je viens faire à votre locataire une si matinale visite.

— Enfin que voulez-vous ? — demanda Roland qui avait rapidement passé ses chausses.

— Oui !... Que voulez-vous ? — répéta Marton.

— Madame, laissez-nous...

— Non, monsieur le chevalier, cet homme vous assassinerait.

D'Embuscade haussa les épaules (*La Belle Conspiratrice*); puis dégrafant sa ceinture il posa sa rapière sur une table.

— Êtes-vous rassurée maintenant ?

— Oui !...

Marton quitta la chambre dont elle ferma violemment la porte.

— Je regrette, monsieur d'Embuscade, la scène jouée par cette femme... Croyez bien que je ne crains rien de vous...

— Et vous avez raison, chevalier... Le marquis d'Embuscade vaut — parfois — mieux que sa réputation... Je suis un *bravo*... Je tue loyalement en duel... Je n'assassine jamais un ennemi désarmé...

Roland sourit et désigna un siège au spadassin.

— De quoi s'agit-il, marquis ?

— Vous avez eu un duel il y a...?

— Dix jours...

— Oui !

— Vous avez blessé votre adversaire...

— Mortellement... je l'espère.

— Oui !... Comme ce gentilhomme ne peut se faire à l'idée que sa mort précédera la vôtre... Que d'autre part il ne pourra se venger lui-même...

— ...Il vous a fait mander. .

— ...Oui !

— ...et vous a chargé de cette besogne ?

— Parfaitement !...

— Et vous avez accepté ?

— D'abord !... j'ai accepté l'or et la mission ; mais comme je ne tue jamais un gentilhomme sans m'être enquis de ses noms et qualités, j'ai rendu les louis et refusé la mission lorsque j'ai su quel devait être mon adversaire.

— Et pourquoi cette exception en ma faveur ?

— Sachez, monsieur le chevalier, que si le titre de marquis est bien à moi, d'Embuscade n'est qu'un pseudonyme... Je suis béarnais ; ma famille fut l'obligée de la vôtre... Voilà pourquoi non seulement je ne vous tuerai pas ; mais pourquoi aussi je vous protégerai occultement...

— Merci, monsieur d'Embuscade... Je reconnaîtrai vos offices lorsque je serai puissant et bien en cour... ce qui ne pourra tarder.

— Gascon !... Gascon !... Gascon !... J'étais ainsi à vingt ans... La fortune et les femmes me sourirent jusqu'au jour où la malchance fit se dissiper mes rêves et mes ambitions... Adieu !... chevalier.

— Au revoir marquis.

D'Estocadès reconduisit le *bravo*.

Marton qui avait écouté la conversation s'était dissimulée à temps pour ne pas être surprise en flagrant délit d'espionnage dans une chambre voisine de celle du chevalier.

Lorsque d'Embuscade fut descendu, la jolie commère pénétra chez son pensionnaire.

— Qu'allez-vous faire maintenant beau chevalier ?

— Mais ce que je fais chaque matin : m'habiller, déjeuner et me rendre chez Monsieur des Essarts.

— Ne jouez pas au plus rusé... J'ai tout entendu...

— Curieuse !...

— Bien sans le vouloir...

— Naturellement !

— Je vous le jure !...

— Garde tes serments pour les servir à François...

— C'est pas tout cela !... Je vous aime, moi !... Et j'ai bien le droit...

— Plus bas, que diable !... Si François se doutait...

— Il ne se doute pas... Il est trop bête pour cela...

— C'est vrai !... Mais d'autres pourraient s'apercevoir...

— Mais, mon cher amour, il n'y aurait que de l'estime pour vous à acquérir, quand on saurait partout que vous êtes favorisé des bonnes grâces d'une jolie femme...

— Marton !...

— Il n'y a pas de Marton qui tienne !... je vous aime parce que vous êtes jeune, beau, courageux... Je vous aime aussi parce que votre parole est douce et vos baisers voluptueux... Promettez-moi d'instruire vos

amis du guet-apens imaginé par votre déloyal adversaire ?

— Je te le promets, Marton aimée...

— Vous suivrez les conseils de Monsieur Athos
l'aîné, le raisonnable de la compagnie ?

— Oui !...

— Je vous adore !...

Marton passa ses bras au cou de son jeune amant
dont elle baisa les lèvres.

III

L'auberge du Chêne royal était une des plus ap-
préciées de celles situées sur la lisière et dans les bois
de Montmorency.

C'était là — chez les époux Grenuchet — que les
gentilshommes, les belles dames et les officiers aimaient à boire frais et à se reposer en mangeant des
crêpes — le triomphe de Madeline Grenuchet.

Quant à Sulpice — son mari — il n'avait pas son
pareil pour bouchonner les chevaux et comprendre
à demi-mot les nombreuses confidences politiques et
autres dont il était le dépositaire et souvent le complice.

Neuf heures venaient de sonner à l'horloge de l'auberge, lorsque Sulpice, déposant le panier d'osier
qu'il était occupé à tresser, se leva en baillant :

— Allons femme... au lit !... Demain nous amènera du jour et de l'ouvrage...

— ...De la fatigue... mais du profit.

— Demain la cour chassera dans les bois de Montmorency...Il paraît que le nouveau ministre — Mazarin — y prendra part.

— Tu le connais cet italien ?

— Je l'ai aperçu dernièrement lorsqu'il revenait de Saint-Denis où le défunt roi repose... C'est un assez bel homme... dans mon genre.

— Brun comme toi ?

— Oui !

— Ses yeux sont-ils aussi noirs que les tiens ?

— Oui !

— Alors, il doit être superbe...

Madeline, qui adorait son Grenuchet, se suspendit à son cou et baisa les yeux qui lui semblaient les plus beaux du monde...

Sulpice enleva la jolie commère — déjà aux trois quarts dévêtue — et la porta sur le lit qui occupait une alcôve ménagée dans la salle...

A cette minute précise on frappa contre les volets clos...

— C'est dommage — murmura Madeline.

— Si nous ne répondions pas ?...

— C'est peut-être du profit qui nous arrive... Puisque le charme est rompu...

— Ça se retrouvera...

— Bien sûr !...

On frappa de nouveau.

Les époux échangèrent un long baiser ; puis Grenuchet se dirigea vers la porte en criant :

— Voilà !... Voilà !...

Madeline passa rapidement un jupon et une camisole.

La porte fut ouverte...

Des gentilshommes masqués pénétrèrent aussitôt.

— Tu as été longtemps à te décider à nous ouvrir, maître Grenuchet.

— Nous étions endormis...

L'un des gentilshommes regarda la cabaretière.

— Avec des yeux éveillés... comme ceux-là ?... C'est peu probable...

Il sourit et ses compagnons l'imitèrent.

— Et puis après... Nous sommes mariés, pas vrai ?... Alors pourquoi ne pas profiter de l'agrément permis que procure le mariage ?

— Tu as raison, ma femme... Il n'y a pas de honte à s'aimer honnêtement...

— Bien répondu !... Mais assez causé sur ce sujet...

— Ce n'est pas nous qui avons commencé...

— ... Sulpice a raison, ma fine !...

— Pouvez-vous nous procurer trois chambres pour cette nuit ?

— Trois chambres !...

— C'est impossible !...

— Pourquoi ?...

— Parce que nous n'en possédons que deux situées au premier étage.

Les gentilshommes se regardèrent.

— Va pour deux chambres !...

— Il y en a une qui a deux lits...

— ... C'est ce que nous désirons...

— Ce sera une pistole par lit...

— Tu nous voles ! On voit bien que nous sommes dans un bois... Tiens !... empoche ces cinq pistoles... Pendant que tu nous indiqueras les chambres, ta femme nous préparera un souper froid...

— Avec d'autant plus de facilité, mes gentils-hommes, que j'ai des poulardes exquises confites dans leur gelée ; des jambons fumés excellents ; du fromage... un parfum ! et du pain cuit ce matin...

— Bravo ! jolie commère... C'est le paradis des gens affamés que ton auberge.

— Toutes nos précautions ont été prises en vue de la chasse qui doit avoir lieu demain... Je jurerais presque, mes gentilshommes, que c'est à la chasse que nous devons, ce soir, l'honneur de vous héberger ?

— En effet !... Mais, si d'autres chasseurs se présentaient ce soir — tout arrive — ne dénoncez pas notre présence... Nous voulons souper tranquillement et dormir de même...

— ... et les autres vous en empêcheraient...

— Bien dit ! Grenuchet.

— Vous me connaissez donc ! Car voilà deux fois que vous me nommez ?

— Il paraît !...

— Je ne reconnais pas votre voix...

— Ton oreille manque de mémoire... voilà tout.

LES ÉPOUX ÉCHANGÈRENT UN LONG BAISER

— Si vous retiriez vos masques, mes yeux se sou-
viendraient peut-être...

— Bavard !... Indique-nous le chemin qui conduit
à nos chambres... Tu monteras ensuite le souper...
N'oublie pas quelques bouteilles de ton vieux vin.

— Du meilleur... et du plus cher...

— Naturellement !

Sulpice s'était muni de deux chandeliers à trois
branches dont les cires allumées jetaient une joyeuse
— quoique tremblante — lueur.

— Venez, mes gentilshommes... Faites excuses si
je vous précède devant... Vous précéder derrière me
serait impossible...

— Aussi difficile que de laisser ta langue en repos ?

— Oui, mon gentilhomme.

Et les trois compagnons masqués suivirent Grenuchet qui leur fit gravir les marches d'un escalier à
rampe de bois grossièrement sculptée...

Ils arrivèrent au palier du premier étage... Deux
portes étaient ouvertes.

— Voici la chambre à deux lits... L'autre est à
côté... Si vous m'en croyez ce sera dans la seconde
que nous dresserons le couvert.

— Pourquoi ?

— Parce que s'il n'y a qu'un lit, en revanche, elle
possède une grande table en chêne massif et huit
chaises nouvellement rempaillées...

— C'est une raison.

— Et une bonne !... pas vrai !

— Bavard !... Bavard !... Bavard !... Aide ta femme

à monter le souper... Tu placeras victuailles et bouteilles sur la table ; puis tu ignoras notre présence...

Quelques instants après l'ordre donné, par le seul gentilhomme qui eut parlé aux époux Grenuchet, le souper fut servi et les portes closes.

Sulpice et sa femme allaient échanger leurs impressions sur les mystérieux soupeurs lorsque la porte donnant sur la cour — dont les verrous n'avaient pas été poussés depuis l'arrivée des trois compagnons — fut brusquement ouverte.

Un cavalier botté, couvert de poussière et paraissant exténué parut sur le seuil. Le masque qui lui recouvrait le visage et sa longue barbe lui donnaient un aspect plus que sévère.

— Grand Dieu !...

— Qu'est-ce que vous demandez !...

Les cabaretiers surpris avaient eu peur.

— Morbleu !.. c'est un abri qu'il me faut pour quelques heures... Mon cheval s'est abattu... Malgré ses efforts et les miens, il lui a été impossible de se relever... Pauvre bête !...

— Voulez-vous que j'allume une lanterne et que nous allions jusqu'à votre cheval !... Je suis connaisseur dans la manière de guérir les bêtes et les gens... tout à votre service, mon cavalier.

— Merci, brave homme... Ce serait une heure de marche... au moins... et je suis trop fatigué pour cette entreprise...

— D'autant plus qu'il y aurait une autre heure de marche pour revenir...

— Tu parles d'or...

— Et vous, mon gentilhomme ?

— Moi aussi !...

Le nouveau venu jeta une pistole sur la table...

— Gardez votre or, nous ne pouvons vous loger.

— La raison ?

— Je n'ai pas de chambre disponible.

— Tu as toujours bien la tienne ?

— C'te bêtise !

— Tu dis ?

— Ne faites pas la grosse voix !.. Je ne pensais nullement à vous offenser, mon gentilhomme.

— A la bonne heure !...

— Oui !... j'ai ma chambre... Mais elle est pour Madeline et pour moi... C'est même ici qu'elle se trouve, ma chambre.

— Cède là moi ?

— C'est impossible !

— Fais ton prix ?

— Dites le vôtre ?

— Cinq pistoles pour un lit...

— Mettez-en dix et je vous donnerai la chambre de notre valet... quand nous en avons un.

— La chambre d'un valet !...

— Vous y dormirez mieux que dans celle d'un cardinal, mon gentilhomme...

— Tiens, voilà dix pistoles...

Sulpice prit les pièces et les empocha...

— Merci ! Désirez-vous manger et boire, mon gentilhomme ?

— Dormir seulement.

— Venez vous coucher... Je vous prierai, seulement, de ne pas faire de bruit en montant les escaliers.

— Pourquoi ?

— J'ai toute une famille au premier étage... et je ne voudrais pas réveiller les enfants qui piailleraient comme des écorchés.

— Le ciel nous préserve des moutards !... Le repos de ma nuit serait compromis...

Le cabaretier et son client montèrent silencieusement jusqu'au grenier dans un angle duquel un lit était dressé.

— Les draps sont blancs... Il n'y a pas de souris... Ne manquez pas d'éteindre la cire... Bonsoir, mon gentilhomme...

— Bonsoir !...

Sulpice descendit sans bruit pendant que le gentilhomme tournait la clef dans la serrure, retirait ses bottes, son épée, ses vêtements, se démasquait, soufflait la flamme et se couchait...

— Si la journée de demain marche sur les traces de la soirée d'aujourd'hui nous ferons une recette superbe...

— Pourquoi donc ne serait-elle pas aussi bonne, Sulpice ?

— Parce que les jours se suivent et ne se ressemblent pas...

— Viens te coucher, mon homme, et je te prouverai que si nos jours ne se ressemblent pas, nos nuits se ressemblent...

Grenuchet ne se fit pas répéter cette invite...

Dès que la porte fut refermée sur les talons de Sulpice, les trois gentilshommes retirèrent leurs masques et se débarrassèrent de leurs manteaux.

— Mon cher Saint-Ibal... Mon excellent Villeroy, je vous remercie d'avoir accepté le rendez-vous qui nous réunit dans ce cabaret. Loin des curieux, et surtout des espions de Mazarin, nous pourrons dresser nos plans pour l'acte décisif... Etes-vous toujours résolus à tuer l'Italien ?

— Toujours !

— Plus que jamais, Montrésor...

— Très bien ! Comme la journée prochaine peut nous réserver de grandes fatigues, je vous conseille, Messieurs, de faire honneur au souper que voilà... Il a, mille dious ! fort bonne mine.

— D'autant plus que nous causerons aussi bien en mangeant...

— ... Et en vidant quelques-unes de ces vénérables bouteilles, si j'en juge par la mousse et les toiles d'araignées qui en coiffent le goulot.

— Mangeons, Messieurs... puis nous boirons à la réussite de nos projets...

Les gentilshommes joignirent l'action à la parole.

Le jambon fut découpé en tranches épaisses... Les fioles décoiffées laissèrent couler le rubis d'un cru Bourguignon.

— Je propose que le premier gobelet soit vidé en l'honneur de notre jeune roi ?

— Bravo ! Sait-Ibal.

— A la santé de Louis le quatorzième ! ! !

Les buveurs avaient élevé la voix...

Le cavalier que l'extrême fatigue empêchait de dormir se dressa sur son séant :

— Ces bons royalistes semblent peu se soucier du sommeil de leurs enfants...

— A la santé de la régente ! ! !

— J'y perdrai mon nom d'Embuscade si ces voix ne me sont pas connues...

— A la santé de monsieur de Beaufort ! ! !

— Diable !... Ça devient très intéressant...

D'Embuscade quitta son lit et fit quelques pas dans le grenier... Son pied droit rencontra un léger obstacle... Le marquis — espion habile — ne négligeait jamais le plus futile indice... Il se baissa... La lune dont la pâle lueur éclairait une partie du grenier facilitait les investigations du marquis. Le couvercle d'un judas ménagé dans le plancher parût aux yeux ravis du curieux personnage.

— Soulèvrai-je ?... Ne soulèvrai-je pas ?...

La prudence lui conseilla de « ne pas soulever. »

Le couvercle fermant mal, la voix des soupeurs arrivait suffisamment distincte...

D'Embuscade vêtu seulement de sa chemise et de ses chausses s'allongea sur les bottes de pailles placées à proximité du judas...

L'oreille attentive, il ne devait perdre aucune des phrases prononcées à l'étage inférieur.

Saint-Ibal prit la parole :

— Nous avons un chef, messieurs... Celui-là n'est pas un lâche comme Gaston d'Orléans qui, sans scrupules ni remords, a laissé mourir ses plus fidèles amis sous la hache du bourreau... Notre chef, à nous,

est également de sang royal ; mais il est brave, joyeux
et vaillant comme le fut son grand père le roi Henri...
Beaufort sera notre général dans les entreprises contre
le Mazarin... Mmes de Montbazon et de Chevreuse ;
MM. de Chateauneuf, de la Chastre et d'autres encore
ont juré la mort de l'Italien. Il y va du salut de la
France... et du nôtre de ne pas laisser le pouvoir
tomber entre les mains avides d'un nouveau Concini...
Le pistolet de Vitry nous a jadis délivré du favori de
Marie de Médicis, le poignard d'un gentilhomme
fera d'aussi bonne besogne.

— Ainsi, pour combattre le Mazarin, nous allons
nous unir tous les trois.

— Oui !!!

— Il faut agir sans retard...

— ... Supprimer l'intrigant.

— Sa mort est nécessaire...

— Voilà notre devoir, Messieurs.

— Nous sommes prêts ; Saint-Ibal !!

— C'est moi qui frapperai le premier...

— Je réclame cet honneur.

— Nous tirerons au sort, Messieurs.

— Soit !!

— Que le sort désigne Montrésor, Villeroy ou
Saint-Ibal, jurons, mes amis, de frapper sans pitié...

— Oui !!...

— De bien enfoncer l'arme dans la blessure, et de
l'y retourner.

— Oui !!...

— Demain, pendant la chasse, nous l'égorgerons...

— Nous le jurons !!

— Achevons notre repas, Messieurs; puis nous prendrons quelques heures de repos...

— N'oubliez pas, mes amis, que nos valets doivent nous attendre avec des chevaux vers trois heures du matin au *Carrefour des Châtaigniers*... Onze heures viennent de sonner, nous pouvons donc disposer de trois heures et demie de sommeil.

— Bien raisonné, Villeroy...

Les conspirateurs gagnèrent bientôt leur lit où le sommeil ne tarda pas à clore leurs paupières...

Lorsque d'Embuscade fut certain que tout reposait dans l'auberge. Il quitta sa couchette de paille et revêtit ses hardes, ceignit sa rapière et prit ses bottes à la main...

Ce fut avec d'infinies précautions qu'il abandonna le grenier et descendit les marches...

— Qui va là? — demanda Grenuchet réveillé en sursaut lorsque le marquis parût dans la salle.

— Chut!... C'est moi! Je vais retrouver mon pauvre cheval...

— Ah!... C'est différent... Je m'empresse de vous ouvrir la porte... mon gentilhomme... Mais pourquoi n'avez-vous pas mis vos bottes pour descendre?

— Afin de ne pas éveiller les enfants...

D'Embuscade enfila ses bottes et sortit...

« Le cavalier est crédule » — pensa le cabaretier...

La lune éclairait les grands bois endormis. D'Embuscade qui connaissait les moindres sentiers n'eut pas de peine à trouver le *Carrefour des Châtaigniers*.

Pour tromper son impatience et aussi afin de ne pas succomber au sommeil, il fit les cent pas...

Le bruit occasionné par le fer des chevaux battant les cailloux dont la route était parsemée frappa ses oreilles.

D'Embuscade retroussa ses moustaches ; prit son air le plus noble et — la main gauche sur la garde de l'épée — attendit l'arrivée des valets.

Ceux-ci parurent au tournant de la route. La vue de cet homme de haute taille, fièrement enveloppé dans son manteau de drap sombre, le feutre gris crânement posé de façon à toucher l'oreille droite, leur inspira un sentiment de crainte. Ils ralentirent l'allure des chevaux.

— Landry !... Serpette !... Blaizinet !...

— Présent !...

— Présent !...

— Présent !...

La stupeur était peinte sur les trois visages.

— Vous aviez rendez-vous à trois heures avec vos maîtres, mes amis de Montrésor, de Saint-Ibal et de Villeroy.

— Oui, monsieur le comte !

— Oui, monsieur le duc !

— Oui, monsieur le prince !

Répondirent, en même temps, les valets auxquels le grand air du marquis imposait le respect.

— Ils ne seront pas aux *Carrefour des Châtaigniers* à trois heures.

— Et où seront-ils, Monseigneur ?

— Il me semble que tu m'interroges, maroufle !...

Serpette baissa le nez et murmura de vagues excuses.

— Donne-moi ton cheval...

Le valet obéit...

D'Embuscade se mit en selle...

— Vous êtes dévoués à vos maîtres ?

— Oui, Monseigneur !

— Oui, Monsieur le duc !

— Jusqu'à la mort ...

Le marquis regarda Blaizinet.

— Jusqu'à la mort !... Voilà qui est bien dit... Tu seras récompensé, mon garçon... et vous aussi, mes drôles !...

— Foi de Serpette ! je voudrais bien savoir comment je vais galoper sans cheval ?

— Monte derrière un de tes camarades et rentrons à Paris.

— Que sont devenus nos maîtres ?

— C'est un secret d'Etat !... Plus un mot à ce sujet... Vous reverrez vos maîtres aujourd'hui dans la soirée... Vous êtes trop fins gaillards pour ne pas vous douter que j'agis d'après un plan concerté avec ces dignes gentilshommes ?

Les valets s'inclinèrent.

Serpette monta derrière Landry...

... Lorsque la petite troupe arriva en vue de Saint-Ouen, l'aurore naissante annonçait le lever du soleil.

— Afin de ne pas éveiller la curiosité nous allons diviser notre troupe avant d'arriver à Paris... Blaizinet me suivra pour entrer par la barrière Saint-Martin. Tandis que Landry et Serpette pénètreront par la barrière Saint-Denis... puis se rendront directement à l'hôtel de leurs maîtres.

Ce fut sur le territoire de Saint-Ouen que la sépa-
ration eut lieu...

D'Embuscade et son compagnon laissèrent souffler
les chevaux avant de poursuivre leur chemin.

Au moment du départ, le marquis — déjà en selle
— laissa tomber un de ses gants...

Blaizinet se baissa pour le ramasser; d'Embuscade
profita de cette seconde pour lui décharger dans le
dos le pistolet qu'il avait rapidement tiré de ses
fontes.

Le malheureux valet poussa un cri déchirant — le
dernier...

D'Embuscade mit pied à terre, s'assura de la mort
de sa victime, reprit son gant, remonta en selle et
piqua des deux de façon à atteindre rapidement la
Porte Montmartre.

Le cheval du valet livré à lui-même flaira le mort;
puis se mit à brouter l'herbe et les feuilles...

D'Embuscade arriva bien avant l'ouverture des
portes... Il se fit place à travers les files de voitures,
de chevaux, d'ânes et de voitures à bras des paysans;
puis ayant demandé à parler à l'officier qui commandait le poste préposé à la garde de la *Porte Montmartre,* il fut introduit par un étroit guichet.

— Service secret du Ministre. — dit-il simplement.

— La preuve?

— Voici!...

D'Embuscade tira d'une des poches de son pourpoint, le parchemin sur lequel était écrit : « Laissez-
passer ».

La porte fut ouverte. Le marquis pénétra dans la

ville en riant des cris dépités de ceux qui devaient attendre l'heure réglementaire pour en faire autant.

Par la rue Notre-Dame-des-Victoires et la rue Neuve-des-Bons-Enfants, il arriva au Palais Cardinal.

M. de Comminges, lieutenant aux gardes, commandait le poste placé à l'entrée du Palais.

Le « laissez-passer » présenté par le marquis produisit son habituel effet.

D'Embuscade pénétra dans le Palais et se rendit vers le cabinet où Richelieu avait tant travaillé pour la grandeur de la France, et où Mazarin besognait à son tour.

En dépit de l'heure matinale, le ministre était déjà installé devant la table sur laquelle furent signés de nombreux arrêts de mort ; mais aussi sur laquelle furent écrits les ordres donnés à l'Europe.

Dans l'antichambre, d'Embuscade vit Athos, Porthos, Aramis et d'autres mousquetaires de la compagnie de Tréville.

Bernouin, le valet de chambre du cardinal se dirigeait vers le cabinet de son maître.

Le marquis lui barra le chemin...

Le valet recula d'un pas... Les mousquetaires s'avancèrent prêts à intervenir.

— Ne craignez nulle agression monsieur Bernouin... Dites seulement au cardinal que je le supplie de me recevoir.

— Qui êtes-vous ?

D'Embuscade prononça un mot à l'oreille du valet de chambre.

Celui-ci s'inclina.

Les trois frères regardèrent soupçonneusement cet homme masqué.

— Un espion ! — dit l'aîné.

— Monsieur Athos, je vous ferai payer cette insulte. — répliqua d'Embuscade.

— Retirez votre masque... d'abord...

Le retour de Bernouin mit fin à la naissante querelle.

— Entrez, Monsieur, — dit le valet.

Lorsque le marquis fut entré dans le cabinet, Mazarin leva la tête.

— Pourquoi cette matinale visite ?

D'Embuscade retira son masque.

— Parce qu'un danger menace Votre Eminence.

— Diavolo !... Expliquez-vous ?

— Votre Eminence doit se rendre aujourd'hui à Montmorency ?

— C'est exact !... Après ?

— Je supplie Votre Eminence de n'y point aller...

— Pour quelle raison, je vous prie ?

— Un complot est tramé contre la vie de Votre Eminence par... je ne sais si je dois...

— ... Parlez !... Je le veux !...

— Mais ..

— Je l'ordonne !...

— Je me trouvais la nuit dernière à l'auberge du *Chêne royal* dans la forêt de Montmorency... J'allais m'endormir lorsque, d'une chambre voisine, je distinguai un bruit de voix... Je prêtai une oreille attentive... Ces voix ne m'étaient pas inconnues... Messieurs de Villeroy, de Montrésor et de Saint-Ibal, soupaient, en effet, dans cette auberge...

— Je ne vois pas ce qu'il y a de dangereux pour moi dans cette réunion de trois braves gentilshommes !

— S'ils n'avaient fait que souper en devisant chasse et belles dames, je serais allé me recoucher....

— Que disaient-ils ?

— Ils juraient d'immoler Votre Eminence aujour-d'hui même...

Mazarin leva les épaules...

— Après ?

— Mmes de Montbazon et de Chevreuse sont du complot...

— Mlle des Chapelles aussi... sans doute.

— Non, Monseigneur.

— Vous m'étonnez...

— La comtesse des Chapelles est restée en Espagne...

— Et le chevalier Jacques de Fontailles, ne fait-il pas partie du complot ?

— Non, Monseigneur...

— Il s'est amendé...

— Il aime... tout simplement.

— Mme de Chevreuse, chacun sait cela...

— Votre Eminence m'excusera si je lui apprends que le chevalier aime et est aimé de la comtesse des Chapelles... Qu'ils sont fiancés...

— Voilà deux ennemis de moins.

— La comtesse et le chevalier étaient les ennemis de Monsieur le cardinal défunt ; mais ne sont pas les vôtres, Monseigneur...

— Qui vous l'a dit ?

— Je le sais, Monseigneur, ne me demandez jamais d'où me viennent les renseignements que je vous fournis... Acceptez-les... ou faites-les contrôler ; mais...

— ...C'est bien !... Il n'y a pas d'autres personnages dans ce... complot ?

— MM. de Châteauneuf, de la Chastre et d'autres encore dont les noms ne furent pas prononcés cette nuit.

— Quel est le chef de ces... assassins ?

— L'amant de Mme de Montbazon.

— Beaufort ?...

— Oui, Monseigneur.

— Les imprudents !... Richelieu est à peine descendu dans la tombe que déjà ils osent rêver ma mort... Per Bacco ! ils ne me connaissent guère...

Un sourire railleur erra sur les lèvres du cardinal.

— Gardez le silence sur la découverte de cette nuit... Que désirez-vous en récompense de votre dévouement ?

— Je m'en rapporte à la générosité de Votre Eminence.

Mazarin était avare. Faire appel à sa générosité était une ironie.

Ses yeux pleins de feu fixèrent le visage impassible du marquis...

— Je vous élèverai au grade de capitaine d'une compagnie dont vous recruterez vous-même les soldats.

— Votre Eminence comblera un de mes vœux les

plus chers... Quand daignera-t-elle signer mon brevet... et me remettre les fonds destinés à monter ma garde-robe ?

— Ce soir... après la chasse...

— Votre Eminence va se livrer à ses bourreaux ?

— Ne vous inquiétez pas... Mes précautions seront prises... Bien prises... A ce soir, marquis d'Embuscade...

— A ce soir, Monseigneur.

IV

Il faisait grand jour lorsque Montrésor s'éveilla...

— Diable!... Aurais-je trop dormi ?

Le gentilhomme s'élança hors de son lit et frappa du poing contre la cloison qui séparait sa chambre de celle où reposaient ses amis :

— Villeroy!... Saint-Ibal !...

— Présent !...

— Voilà !...

— Il fait jour !

— Nous le voyons, fichtre bien !...

Sept heures sonnèrent à l'horloge placée dans la salle commune de l'auberge.

— Ventre-Saint-Gris !... Sept heures !...

— Excellent début !...

— Bélitres que nous sommes !...

Les gentilshommes furieux d'avoir si bien, et surtout si longtemps dormi, s'habillèrent vivement ; puis descendirent.

... LUI DÉCHARGEA DANS LE DOS ...

Grenuchet balayait la salle, pendant que Madeline faisait cuire une soupe aux choux.

— Bien le bonjour mes gentilshommes.

— Que le ciel vous accorde une belle journée, mes nobles seigneurs.

Les « nobles seigneurs » répondirent à peine aux paroles des époux Grenuchet.

— Quel est le chemin le plus court pour gagner le *Carrefour des Châtaigniers*?

— Le moins long, Monseigneur...

Saint-Ibal, furieux de la réponse faite à sa question, poussa un terrible :

— Ventre Saint-Gris !

—... Ne vous fâchez pas, beau seigneur... et laissez mon homme achever sa phrase.

Madeline a raison... J'allais continuer mes explications lorsque vous m'avez interrompu.

— Parle vite alors !...

— Le chemin le moins long, Monseigneur, est le sentier qui commence à cent pas de notre cabaret... Vous le suivrez tout droit et — en marchant bien — vous serez au carrefour dans trois quarts d'heure.

— En route...

Saint-Ibal et ses amis se dirigèrent vers la porte...

— Vous partez ainsi — sans manger ?

— Ni boire ?

— Nous n'en avons pas le temps...

— Le coup de l'étrier, mes gentilshommes, — dit Grenuchet qui remplissait les verres vivement apportés par sa femme.

Les trois amis burent sans mot dire. Puis Montrésor jeta une pistole sur la table.

— Merci, *nos* seigneurs ! !

Montrésor, Saint-Ibal et Villeroy quittèrent le cabaret et se dirigèrent rapidement vers le lieu du rendez-vous assigné à leurs valets.

— Ils sont impolis... mais généreux... Pas vrai, mon homme...

— Tu as raison, Madeline,... et eux aussi... Maintenant !... au travail pour être prêts à recevoir les chasseurs et les soldats...

Les trois gentilshommes couraient presque.

— Pourvu que nos valets soient encore au carrefour — disait Montrésor.

— J'ai le pressentiment qu'ils ont perdu patience...

— Moi aussi !... Ils doivent avoir regagné Paris...

— Courrons, Messieurs : les minutes valent des heures.

Villeroy et Saint Ibal imitèrent Montrésor qui avait joint l'acte aux paroles...

Ils étaient couverts de sueur lorsqu'ils arrivèrent au *Carrefour des Châtaigniers.*

Leurs regards explorèrent rapidement le rond-point.

— Rien !...

— Rien !...

— Personne !...

Ils avancèrent...

Montrésor examina l'herbe perlée de rosée qui tapissait le sol...

— Mille dious !... Ces bandits ne sont pas venus !...

— Comment ?

— Expliquez-vous ?

— Si nos chevaux avaient attendu ici, l'herbe serait foulée par leurs fers... Regardez, Messieurs, ce tapis vert est intact...

— C'est vrai !

— Diavolo ! comme dit le Mazarin.

Ils firent le tour du rond-point et ne trouvèrent nul indice que trois chevaux y eussent séjourné.

— Voici la route par laquelle nos butors de valets auraient dû arriver.. Mais !... regardez, Messieurs...

Saint-Ibal et Villeroy s'empressèrent d'accourir.

— Le sol est piétiné !...

— Du crottin !...

Nos hommes et les chevaux sont venus... Pourquoi n'ont-ils séjourné que peu d'instants ? — Car, Messieurs, ils ne sont demeurés que peu de minutes ici — Une pose prolongée aurait eu pour résultat de hacher, piétiner... presque labourer le sol... Nos chevaux sont jeunes, ardents, ombrageux même, et ils ne seraient pas demeurés sages comme des moutons... Autre preuve... Les valets — si l'attente avait été de longue durée — n'auraient pas manqué de faire manger leurs chevaux... Ne leur avions-nous pas donné l'ordre d'emporter une ration d'avoine ?

— Si !...

— C'est exact !...

— Trouvez donc un grain d'avoine sur le sol ?... Les oiseaux n'ont pas eu le temps d'en faire disparaître les traces...

— Montrésor a raison... Il y a là un mystère ..

— Lequel, Saint-Ibal?

— Si je le connaissais, ce mystère n'en serait plus un, Villeroy.

— Les espions du cardinal auront éventé nos projets... Nos hôtels sont peut-être envahis par les gardes de Mazarin...

— Tout est à prévoir...

— ...et à redouter.

— Comment prévenir nos amis ?...

— Mmes de Montbazon et de Chevreuse ?

— Ventre Saint-Gris ?... Ce n'est pas drôle.

— Il faut que nous arrivions à Saint-Prix avant dix heures... C'est là que nous trouverons Mmes de Chevreuse et de Montbazon et quelques-uns de nos amis.

— La distance qui nous sépare de Saint-Prix n'est pas considérable... Si vous y consentez, Messieurs, nous allons la franchir rapidement ?

— Montrésor est l'homme des décisions promptes... — dit en souriant Villeroy...

Un jeune paysan qui menait paître une vache se montra sur la route...

— Voilà qui arrive à merveille !... Par ici, mon garçon...

Montrésor présenta une pistole illuminée par le clair soleil.

Le paysan s'empressa d'accourir... Il avait compris...

— Indique-nous le chemin qui conduit à Saint-Prix ?

— C'est par là... Tout droit...

Il étendait le bras dans la direction d'un sentier...

— Est-ce loin ?

— Que non!... J'y serais rendu en deux petites heures...

— Attrape !...

Le gars reçut adroitement la pièce lancée par Montrésor.

— Dieu vous le rende, mon gentilhomme... Une pistole !... Une vraie pistole !... Nous voilà riches!... Viens la Roussotte !... Nous voilà riches...

Joyeux il entraîna sa vache...

— En voilà un qui se moque de Mazarin, — fit remarquer Saint-Ibal.

— Pas autant que moi : Montrésor !

— Et que moi : Villeroy !

Les gentilshommes suivirent le sentier...

Il leur fût d'abord aisé de s'orienter. L'herbe quotidiennement foulée — usée presque — par les gens qui venaient chercher un discret abri sous les frondaisons, était une indication ; à mesure qu'ils pénétrèrent dans le cœur de la forêt les ennemis du cardinal constatèrent avec dépit que nul sentier n'était indiqué...

Montrésor poussa un énergique :

— Ventre Saint-Gris !...

Mais la route à suivre demeura une énigme.

— C'est jouer de malheur !... s'écria Villeroy — d'autant que mon valet — enfant du pays — nous aurait servi de guide si...

— ...nous nous étions éveillés à temps — ajouta Saint-Ibal.

— Orientons-nous à la diable !...

— ...et à la grâce de Dieu !...

— Quel singulier mélange vous faites du Ciel et de l'Enfer, — dit gaiement Montrésor — Fasse que si Dieu nous abandonne,... le diable nous vienne au secours...

Ils marchèrent durant une demi-heure et parvinrent à un rond-point...

Au même instant, en sens inverse, deux cavaliers arrivèrent à bride abattue...

— L'uniforme des gardes ! murmura Villeroy.

— Que signifie ?

— Compagnie des Essarts...

Les gardes passèrent — rapide comme une trombe.

— Détalez !...

— Chevreuse l'ordonne !...

— Un mot !...

La voix de Saint-Ibal n'eut pas le pouvoir de modérer l'allure des cavaliers qui disparurent suivant la route qui coupait la clairière en deux parties égales.

— Détaler !... Comment ?

Le bruit occasionné par le galop d'une troupe de cavaliers parvint aux oreilles des gentilshommes.

— Des cavaliers à droite ! — s'écria Montrésor.

— Des cavaliers à gauche ! — répondit Saint-Ibal.

— Jetons dans le fourré ! — proposa Villeroy...

— A quoi bon !... Si ces gens sont envoyés à notre recherche, ils nous découvriront aisément... N'ayons pas l'air de les fuir... cela vaudra mieux !

Villeroy et Saint-Ibal se rallièrent à la proposition de Montrésor.

— Simulons un duel ! — proposa Saint-Ibal.

Aussitôt dit... Aussitôt fait...

Montrésor et Saint-Ibal rejetèrent leurs manteaux et se trouvèrent — face à face — l'épée au poing.

Villeroy, les bras croisés, jouait le rôle de témoin...

Les « adversaires ferraillaient avec ardeur lorsque par les deux tronçons de la route débusquèrent les gardes du roi commandés par M. des Essarts, et — un instant après — ceux de la reine ayant le vieux Guitaut à leur tête.

— Halte !..

— Halte !...

Gardes du roi et gardes de la reine obéirent à l'ordre lancé par leurs chefs.

Les chevaux habitués à entendre les « commandements » s'arrêtèrent — presque — d'eux-mêmes.

Les duellistes s'escrimaient toujours...

Guitaut et des Essarts sourirent.

Tous deux détestaient Mazarin et semblaient ravis que les gentilshommes, dont l'ordre de capture leur avait été donné, se trouvassent en bonne posture pour répondre à une accusation de tentative d'assassinat contre le ministre.

Le garde d'Artagnan et le cadet d'Estocadès de la compagnie des Essarts sourirent également...

— Arrêtez le combat !... ordonna des Essarts.

— Montrésor et Saint-Ibal obéirent comme à regret.

— Depuis quand deux gentilshommes n'ont-ils plus le droit d'en découdre ? — demanda le premier.

— ... Richelieu est mort, il me semble ? — ajouta son adversaire.

— Parfaitement !... Mais l'*Edit* contre le duel subsiste toujours...

Saint-Ibal, Montrésor et Villeroy sourirent dédaigneusement.

— Et si nous persistons à vouloir nous entre-égorger ?

— Je m'y opposerais, monsieur de Saint-Ibal... Je vous en donne ma parole de capitaine aux gardes de la reine.

— Par la force ?

— Oui, monsieur de Montrésor... Par la force...

— Vous feriez besogne de cardinaliste, mon cher Guitaut, mais nous vous épargnerons cette honte... Saint-Ibal, l'épée au fourreau... Partie remise...

— A la bonne heure !...

— Bravo !...

s'écrièrent Guitaut et des Essarts...

Des ordres furent donnés pour que les cavaliers missent pied à terre pendant la halte qui ne devait durer que cinq minutes...

Villeroy profita de l'inattention des commandants qui causaient avec Montrésor et Saint-Ibal pour se rapprocher du cadet et du garde qui avaient averti les amis que le moment de « détaler » était arrivé...

Ceux-ci devinant sa pensée s'éloignèrent du gros de la compagnie...

— Merci, Messieurs — dit Villeroy — Vos noms ?

— D'Artagnan !...

— D'Estocadès !...

— Bien !... De qui avez-vous reçu mission de vous prévenir ?

— Ceci doit rester secret... Sachez que Mmes de Chevreuse et de Montbazon sont soupçonnées, que MM. de Châteauneuf et de la Chastre sont en fuite et que le duc de Beaufort est compromis... Jouez votre rôle de duellistes jusqu'à la fin... Vous vous sauverez.... peut-être...

— Merci !...

Un bruit de fanfares retentit venant de la route...

L'ordre fut donné aux cavaliers de se remettre en selle.

Les trois gentilshommes se groupèrent au pied d'un chêne centenaire...

— Les trompettes des gardes du Mazarin, — dit Saint-Ibal.

La compagnie des Essarts se massa à droite à l'entrée du rond-point.

Celle de Guitaut se posta à gauche.

Leurs fanfares s'unirent à celles des gardes de Mazarin... Les échos redirent cette musique guerrière.

La compagnie cardinaliste commandée par le lieutenant de Comminges vint se placer de l'autre côté de la route, face aux compagnies royales.

Un cavalier vêtu de noir, le cordon bleu et la croix du Saint-Esprit autour du cou, s'avança et salua les soldats qui présentaient les armes.

Tous avaient reconnu Mazarin...

Celui-ci descendit de cheval...

Ce fut à cette minute qu'il aperçut les trois amis debout au pied du gigantesque chêne.

— Per Bacco ! Je ne me trompe pas... MM. de Montrésor, de Saint-Ibal et de Villeroy...

Les gentilshommes se découvrirent...

— Vous ne serez pas en retard pour prendre part à la chasse... C'est bien cela, Messieurs... Veuillez monter en selle et vous joindre à nous... C'est à Saint-Prix que se trouve le rendez-vous...

— Nos chevaux nous ont faussé compagnie, Eminence...

— Comment cela, monsieur de Saint-Ibal...

— Nous les avions abandonnés à eux-mêmes pendant que nous ferraillions — Montrésor et moi — et je ne sais quelle mouche les a piqués... Toujours est-il qu'ils ont pris le galop.

Mazarin ne releva pas l'invraisemblance d'un tel récit.

— Qu'à cela ne tienne... Vous emprunterez les chevaux de trois de mes gardes...

— Votre Eminence nous comble, — déclara Villeroy.

Trois cavaliers mirent pied à terre...

Les gentilshommes sautèrent en selle.

— Monsieur de Comminges...

— Monseigneur !

— Un mot, je vous prie...

Le lieutenant mit pied à terre et vint auprès du Cardinal qui lui dit à voix basse :

— Dès que les compagnies des Essarts et de Guitaut seront éloignées, vous donnerez à la vôtre l'ordre de regagner Paris... En passant par Vincennes... Vous m'avez compris !

— Oui, Monseigneur... Mais il me faut un ordre de triple arrestation signé de Votre Eminence...

— Le parchemin vous attend à Vincennes...

— Si d'ici le château, les prisonniers veulent nous fausser la compagnie ?

— Entourez-les de vos plus fidèles soldats... Le reste vous regarde, monsieur de Comminges...

— Bien, Monseigneur.

Pendant que le lieutenant regagnait sa compagnie, Mazarin sautait en selle ; puis s'avançait vers les compagnies des Essarts et de Guitaut.

— Messieurs, vous me ferez escorte...

Les officiers saluèrent de l'épée...

Des Essarts se plaça à la tête de ses gardes, pendant que Mazarin se mettait à la droite de Guitaut...

Les trompettes sonnèrent... Les compagnies des gardes prirent le trot dans la direction de Saint-Prix.

Les trois gentilshommes pensèrent que les soldats de Comminges allaient prendre la même direction, lorsque l'ordre de regagner Saint-Denis fut aussitôt donné.

Montrésor et ses amis mirent pied à terre.

— Reprenez vos chevaux, monsieur de Comminges : nous ne tenons nullement à nous rendre à Saint-Denis.

— Monsieur de Montrésor, j'ai reçu, de Son Eminence, l'ordre de vous y conduire... Vous y déjeunerez en notre compagnie ; puis j'aurai ensuite le regret de vous forcer à nous accompagner jusqu'à Vincennes...

— C'est une arrestation ! ! !

— Ça m'en a tout l'air, Messieurs...

— Quel crime avons-nous commis ?

— De quelle faute sommes-nous coupables ?

— Qui peut nous accuser ?

— Je l'ignore... plus que vous, Messieurs... Ne résistez pas... A ce prix, je vous laisserai vos épées... Que feriez-vous contre toute une compagnie ?...

Les gentilshommes se regardèrent...

— Vous avez notre parole, monsieur de Comminges...

— Bien ! monsieur de Saint-Ibal... Nul ne désire plus que moi votre mise en liberté.

Les prisonniers s'inclinèrent...

V

A cinq heures, Mazarin rentrait au Palais-Cardinal (ou Palais-Royal).

Bernouin qui l'attendait lui présenta la robe rouge qu'il mit sans s'être préalablement débarrassé de son costume de cavalier.

Guilo Mazarini agissait — en cette circonstance — comme il l'avait mainte fois vu faire à Richelieu.

Le Cardinal ordonna à son valet de chambre de prendre les clefs du passage secret qui mettait le Palais construit par le ministre défunt, en communication avec le Louvre.

... Quelques instants après les deux hommes pénétraient dans une salle dépendant des appartements de la reine.

La Porte, son valet de chambre, s'y tenait habituellement.

Il se leva et salua le ministre.

— Sa Majesté est-elle au Palais?

— Oui, Monseigneur.

— Dans quelle pièce ?

— Sa Majesté lit dans l'oratoire

— Annoncez-moi...

— Oui, Monseigneur.

Mazarin attendit quelques secondes pendant lesquelles il ordonna à Bernouin de retourner au Palais-Cardinal et d'y attendre l'arrivée du marquis d'Embuscade.

— Monseigneur rentrera seul ?

— Oui !... Donne-moi les clefs... Laisse ici la lanterne... La Porte l'allumera au moment de mon départ...

— Mais, je vais me rompre le cou sans lumière...

— Emporte la lanterne... La Porte m'en procurera une... Cause avec lui à ce sujet.

— Oui, Monseigneur.

— Tu as bien le double des clefs ?...

— Oui, Monseigneur...

Le fidèle valet d'Anne d'Autriche parut :

— Sa Majesté attend Votre Eminence.

— Bien La Porte...

Mazarin passa chez la reine...

En dépit de l'embonpoint qui empâtait légèrement son visage, la mère du roi était restée fort belle...

Le Cardinal rougit en remarquant combien séduisante était sa souveraine...

— Le motif qui vous conduit ici est donc très sérieux, Eminence ?

— Votre Majesté en jugera...

— Quel ton tragique !... Vous m'effrayez !...

— Votre frayeur n'est pas grande, Madame, puisque vous souriez...

— Dites ?...

— Ma police secrète a découvert — cette nuit même — qu'un complot ayant pour but de m'envoyer *ad patres* était formé par de très hauts personnages...

— Se pourrait-il ?... Les haines allumées par Richelieu retomberaient-elles sur vous, Eminence ?

— Hélas !...

— Il faut sans retard s'assurer des conjurés !...

— C'est fait !... du moins pour quelques-uns...

— Leurs noms ?

— Montrésor, Saint-Ibal, Villeroy...

— Trois seulement ?

— Châteauneuf et La Chastre sont traqués par le lieutenant criminel. Leur arrestation est une question d'heures...

— Les autres ?... Vous m'avez annoncé de « très hauts personnages »...

— Les voici, Madame...

Mazarin qui était debout, non loin de la fenêtre donnant sur une des cours du Louvre, indiqua un gentilhomme et deux dames qui la traversaient.

— Mmes de Chevreuse !... de Montbazon !... Le duc de Beaufort !...

— Oui, Madame...

— C'est insensé !... Pourquoi vous en veulent-ils ?...
Vous n'avez fait tomber la tête d'aucun des membres
de leur famille ?...

— Pas encore...

— Vous n'avez banni aucun gentilhomme ?

— Ils m'y obligeront, Madame...

— Que vous reprochent-ils donc ?

— Mon dévouement pour ma reine et mon roi...

Le séduisant Italien mit toute son âme dans ces
mots « ma reine ».

La régente ne fut pas maîtresse du trouble déli-
cieux qui s'était emparé de tout son être...

Ses yeux noyés de langueur exprimèrent mieux
que n'auraient pu le faire ses lèvres, l'ivresse qu'elle
ressentait. En habile diplomate, Mazarin n'abusa pas du
trouble de la reine. Il affecta — durant une ou deux
secondes — de regarder vers la cour du Louvre.

Anne eut ainsi le temps de se ressaisir.

— Quel jour devait avoir lieu ce meurtre, Eminence ?

— Cet après-midi, Madame...

— ...Pendant la chasse ?

— Oui, Madame...

— Et vous saviez que vos assassins vous guet-
taient ?...

— Je le savais, Madame...

— Je vous défends, désormais, d'exposer une existence qui appartient au roi... Vos ennemis seront
châtiés... je vous le jure !...

L'Italien mit la main sur son cœur ; puis leva les
yeux au ciel et murmura :

— Merci...

Puis il prit congé de la reine...

« Cet homme a gagné mon cœur et c'est lui qui me *désoccupera* du souci des affaires et me fera régner. » — pensa la mère du roi.

Mazarin avait regagné son cabinet.

Il sonna.

Bernouin parut aussitôt.

— D'Embuscade ?

— Le marquis ne s'est pas encore présenté au palais...

— C'est fâcheux !... Et dans l'antichambre ?

— Un gentilhomme de fort belle mine.

— Son nom ?

— Il ne veut le dire qu'à Votre Éminence... Sa voix paraît déguisée.

« Serait-ce un assassin dépêché par Beaufort ? » — pensa le ministre.

— Introduit ce mystérieux visiteur, Bernouin.

Pendant que le valet de chambre s'acquittait de sa mission, le cardinal ouvrit un tiroir... Il en tira un pistolet de petit calibre et le plaça sur le bureau... à portée de sa main droite. Une feuille de papier le dissimula aux regards.

Bernouin parut ;... puis s'effaça pour livrer passage à un gentilhomme vêtu selon la mode des gens d'épée.

Mazarin examina la physionomie de l'inconnu qui souriait...

— Je suis aux ordres de Votre Éminence, — dit celui-ci.

SE GROUPÈRENT SOUS UN CHÊNE

— D'Embuscade !...

— Lui-même, Monseigneur.

— J'ai reconnu votre voix ; mais je ne reconnais pas votre visage... Vos yeux cependant...

— La métamorphose est à votre avantage, marquis... Vous avez été bien inspiré en faisant raser cette barbe qui vous donnait l'aspect d'un huguenot du temps d'Henri IV... La royale vous va mieux... Votre abondante chevelure frisée au fer et votre moustache retroussée font valoir la distinction naturelle de votre visage... Seriez-vous réellement de bonne maison ?

— Oui, Monseigneur.

— Pouvez-vous me confier le secret de votre véritable identité ?

D'Embuscade hésita...

— Remarquez que je veux vous attacher à ma... fortune... Je veux mettre à profit votre intelligence et votre courage...

— Votre Éminence peut compter sur mon dévouement.

— Mais avant de vous prendre à mon service, je veux connaître votre nom de famille.

D'Embuscade entr'ouvrit son pourpoint et en tira un parchemin.

— Lisez, Monseigneur.

Mazarin prit le document...

A mesure qu'il lisait, sa mobile physionomie reflétait ses impressions.

— Le cardinal de Richelieu connaissait-il ce document ?

— Non, Monseigneur.

— Et l'Intendant de Champagne ?

— M. de Laffemas l'ignorait également.

— Si vous êtes disposé à me servir je vous ferai rendre les terres engagées aux usuriers... Je reconstituerai votre marquisat... Vous reprendrez votre nom..

En prononçant ces paroles, Mazarin s'était avancé vers son interlocuteur.

Le gentilhomme tomba à genoux.

— Monseigneur, disposez désormais de ma vie...

— Relevez-vous, marquis César de Montdefer... Le marquis d'Embuscade est mort — ses vices aussi je suppose ?

— Je ne jouerai plus Monseigneur...

— Vous avez trente-huit ans... La vie peut encore être belle pour vous...

— Grâce à votre bonté, Monseigneur.

— ...Vos parents vivent-ils encore ?

— Le duc, mon frère, sa femme et ses enfants constituent ma seule famille...

— Entre quelles mains sont tombées vos terres ?...

— Le juif Zooggmann, de Bizanos, à quelque distance de Pau, les détient toutes.

— Zooggmann... Zooggmann... Ne s'occupe-t-il pas un peu de magie, d'alchimie ?... Ne vendrait-il pas des drogues aux empoisonneurs ?

— Les juifs en vendent presque tous, Monseigneur...

— Quelle somme avez-vous reçue de ce Zooggmann ?

— Quinze mille pistoles, Monseigneur.

— Et vous lui en devez ?

— Quarante mille... Capital et intérêts compris.

— C'est bien !... Zooggmann... Zooggmann. Avec un nom pareil, ce juif doit être sorcier...

— Il l'est, Monseigneur.

— Maintenant, je sais à qui j'ai affaire... Ce ne sera pas le commandement d'une compagnie de sacripants que je vous destine... Vous ferez partie de mes gentilshommes... Vous aurez comme mission de tout voir, tout entendre... tout me dire... Je ne veux pas d'exécution bruyantes, théâtrales... Mes ennemis — ceux de l'État veux-je dire — devront mourir plus discrètement.

— Bien, monseigneur.

— Vous demeurerez près de ce palais... Avez-vous des ressources ?

— D'Embuscade en possédait... Montdefer n'en possède actuellement aucune.

Mazarin alla vers une armoire, en fit jouer les quatre serrures, ouvrit un battant et prit un sac serré en nombreuse compagnie.

— Voici cinq mille livres en or pour vous récompenser d'avoir fait échouer le complot de cet après-midi... Equipez-vous... Faites choix d'un logis convenable... Prenez un valet intelligent... et ne paraissez en public que lorsque je vous en donnerai l'ordre... Vous m'aviserez cependant de votre adresse...

— J'obéirai, généreux bienfaiteur...

Mazarin sourit.

— On me traite de ladre... Mais je sais parfois dénouer les cordons de ma bourse... Au revoir, monsieur de Montdefer, Bernouin vous portera mes ordres... s'il y a lieu... dès que je connaîtrai l'adresse de votre nouvelle demeure.

Le marquis baisa la main du cardinal et quitta le cabinet.

— Diavolo !... Voilà bien l' « instrument » qu'il me fallait... La journée a été bonne... Récapitulons : Mes principaux ennemis coucheront ce soir à Vincennes ; Beaufort y couchera demain... Quant à Mme de Montbazon et à sa fille, l'exil punira leur audace... Anne m'a laissé imprudemment voir ce que je soupçonnais... Être aimé de la reine !... Per Bacco !... ma fortune est faite... Je l'aime aussi et je me dévouerai pour elle et ses enfants... Malheur aux imprudents qui s'opposeront à mes desseins... Je veux faire aboutir les projets conçus par Richelieu ... Je le veux !...

VI

Les gardes du cardinal auxquels le secret n'avait pas été imposé relativement à l'arrestation de MM. de Saint-Ibal, de Villeroy et de Montrésor, ne manquèrent pas d'en répandre la nouvelle dès leur retour à Paris...

L'Edit contre le duel sera appliqué avec une extrême rigueur. Saint-Ibal, Villeroy et Montrésor en sont les victimes... — disaient les uns.

— Il s'agit d'une conspiration — déclaraient les autres.

L'opinion émise par ces derniers trouvait plus facilement créance.

Le soir même de cette journée fertile en événements, le duc de Beaufort rencontra, en entrant au Louvre, Mmes de Vendôme, de Guise et de Nemours.

— Duc ne vous montrez pas chez la reine, — dit Mme de Nemours.

— Et pour quelle raison, je vous prie ?

— Un complot ayant pour objet l'assassinat de Mazarin a été découvert aujourd'hui... Vous êtes soupçonné...

— Un soupçon n'est pas une preuve, Madame.

Il passa outre...

Dans la galerie conduisant aux appartements de la reine, il fut abordé par un des mousquetaires de service.

— Monsieur le duc, un mot je vous prie...

Celui-ci toisa le soldat qui lui adressait si cavalièrement la parole.

— Monsieur Athos,... je crois...

— Oui, Monseigneur...

— Qu'avez-vous à me dire ?

— Monsieur le duc de Guise vient de me charger de vous prévenir que votre mort avait été discutée chez la reine... *On* veut se défaire de vous.

— *On* n'oserait, monsieur Athos...

— Que Dieu vous protège, monsieur le duc.

— Merci, Monsieur.

Beaufort, audacieux et certain de l'opinion publique en sa faveur, entra chez la reine.

Mmes de Chevreuse, de Hautefort et de Motteville étaient autour de leur souveraine.

Anne avait appris à bien dissimuler ses impressions au contact du feu roi, qui savait pratiquer cette laide vertu plus habilement que nul prince au monde, reçut aimablement le duc.

Tout en causant la reine regardait la pendule dont les aiguilles semblaient tourner lentement à son gré...

Dix heures sonnèrent, la reine se leva sans prononcer une parole, quitta le grand cabinet où avait lieu la réception et se rendit dans son oratoire...

Mazarin l'y attendait.

— Que signifie cette brusque retraite ? — demanda Beaufort.

Les dames d'honneur firent le geste : « Qu'elles n'en savait rien ».

— Je n'ai plus, Mesdames, qu'à vous présenter mes hommages, et à me retirer... devant l'affront.

Beaufort allait quitter le cabinet quand il se trouva en présence de Guitaut, capitaine des gardes de la reine...

— Veuillez me faire place, Monsieur.

— Impossible !..

— Le soirée est aux énigmes...

— Non, monsieur le duc... Ce que j'ai à vous dire est clair : « De la part du roi et de la reine... suivez-moi ».

Beaufort ne manifesta aucun étonnement... Il regarda fixement Guitaut, et répondit :

— Oui, je le veux ; mais cela, je l'avoue, est assez étrange...

Puis se tournant vers Mmes de Chevreuse, de Hautefort et de Motteville :

— Mesdames, vous voyez que la reine me fait arrêter... Adieu, Mesdames...

— Au revoir, duc ! ! !

— Dieu le veuille...

Lorsque le duc et Guitaut eurent quitté le grand cabinet, les nobles dames ne se gênèrent pas pour échanger leurs impressions.

— Beaufort ne s'imaginait pas qu'avoir été le serviteur de la reine pendant ses malheurs, elle pût jamais se résoudre à le traiter si mal ! — déclara la duchesse de Chevreuse.

— Cette aventure me désole, Mesdames, — dit Mlle de Hautefort. — le duc est de nos amis...

— Ce pauvre duc n'est pas un homme détrompé des choses de ce monde, ni qui sait en faire les solides jugements qu'un esprit raisonnable pourrait concevoir. Il est homme d'esprit en beaucoup de choses, mais fort attaché à la fausse gloire qui suit la faveur ... La colère et le dépit de savoir Mazarin premier ministre occupent son âme... Il ne peut se consoler de se trouver trompé et déchu de ses belles espérances ; mais, comme il a du cœur, il fait bonne mine à son infortune.

Ces paroles prononcées par Mme de Motteville furent approuvées par Mmes de Hautefort et de Chevreuse.

Cette dernière murmura :

— J'ai le pressentiment que l'exil sera — avant peu mon lot...

— Guitaut ?

— Monsieur le duc ?

— Où me conduisez-vous ?

— Dans ma chambre...

— J'aurais préféré que ce fut dans votre salle à manger...

— Vous souperez dans ma chambre...

— Tant mieux !... Je me sens un formidable appétit.

... Guitaut ?

— Monsieur le duc ?

— Pourrez-vous me rendre un service...

— Je vous rendrai tout... hormis la liberté... pour le présent...

Beaufort sourit.

— Prévenez Mme de Vendôme, ma mère, et Mme de Nemours, ma sœur que je suis prisonnier.

— Ce soir, duc ?

— Non !... Que cette nuit leur soit paisible... Mais demain, dès l'aurore, prévenez-les, mon vieux Guitaut...

— Je m'y engage...

— Merci !

... Beaufort mangea de grand appétit ; puis dormit paisiblement.

Le lendemain, de grand matin, le duc fut transféré au château de Vincennes on lui donna un valet de chambre du roi pour le servir, et un cuisinier.

M. et Mme de Vendôme ; M. de Mercœur, frère

aîné du duc de Beaufort, reçurent l'ordre de quitter Paris.

M. de Vendôme s'en excusa d'abord, — prétextant une maladie; mais comme la régente lui avait envoyé sa litière pour faire plus commodément le voyage, il se résigna à rejoindre ses parents déjà retirés dans une de leurs terres.

La disgrâce du duc de Beaufort fut suivie de celle de l'évêque de Beauvais, qui ne put tenir contre un compétiteur aussi puissant que l'était Mazarin. Le chapeau rouge qu'on avait sollicité pour lui fut contremandé, Il se retira dans son évêché.

Mme de Chevreuse qui avait tant aimé la reine à l'époque de ses malheurs résolut de protester contre l'arrestation de Beaufort et l'exil de ses parents et de ses amis.

La duchesse profita du moment où elle se trouvait seule avec Anne pour donner libre cours à ses griefs.

— Chère reine, permettez à votre plus fidèle servante de vous dire combien elle souffre de se voir privée de votre affection...

— Continuez ?

— Jadis — quand Richelieu vivait — vous m'auriez dit : « Continue ».

— Richelieu est mort...

— ... Morte aussi l'affection que me témoignait Votre Majesté.

— A qui la faute ?

— A ce Mazarin !...

— Silence !... Je vous défends d'attaquer le ministre...

— Votre Majesté l'aime donc ?...

Anne se leva brusquement du fauteuil où elle était assise.

— Malheureuse ! — s'écria-t-elle en saisissant le poignet de la duchesse — Vous paierez vos imprudentes paroles.

Sa voix, habituellement douce, avait dans la colère une intonation aigre, désagréable au possible.

— Votre Majesté me fera emprisonner... ou exiler ... C'est ainsi qu'elle reconnaîtra mon dévouement... Qu'elle me récompensera des années d'exil infligées par Richelieu...

— Je vous ordonne de vous taire !...

— Je parlerai !... Votre Majesté me fera embastiller après... si elle l'ose... Le Mazarin n'est qu'un fourbe et un ambitieux... Il profite de ce que les continuelles fonctions de Régente font peur à Votre Majesté, pour s'insinuer dans les affaires secrètes de l'Etat — lui ! ... Guilo Mazarini — le gueux italien de jadis... Cet intrigant a mis des « bavardages » à profit pour persuader à Votre Majesté que l'évêque de Beauvais était incapable de garder un secret.

— Que voulez-vous dire ?

— Lorsque le duc de Beaufort fut envoyé à Vincennes, l'évêque exprima son étonnement, à Monsieur le prince, de le voir prendre d'un cœur si léger l'emprisonnement de son ami. Il lui reprocha presque de n'avoir point protesté en sa faveur : « Et vous, Monsieur, qui êtes ministre de la reine, comment ne l'avez-vous pas empêché ! — « Je l'aurais fait, et je *l'aurais averti* si je l'avais su »... Cette réponse fut

colportée par le prince et quelques-uns de ses familiers.
Brancas, fils du duc de Villars, et quelques-uns de ses
amis en rirent et la contèrent à l'abbé de la Rivière
qui la dit au duc d'Orléans, lequel la répéta au cardinal Mazarin qui — en bon Italien qu'il est — en a
fait son profit pour démontrer à Votre Majesté combien l'évêque de Beauvais était dangereux, vu qu'il ne
se ferait aucun scrupule de dévoiler les décisions secrètes du conseil et qu'il préviendrait les ennemis
du roi des décisions prises contre leurs criminelles
menées...

— Quelle imagination, duchesse...

— Ne raillez pas !... Je mets Votre Majesté au défit de me démentir ?

Anne rougit légèrement et s'écria :

— Voilà qui est d'une impudence extrême !... Oui !
... Ne trouvant point en la personne de *votre* évêque
un homme habile et intelligent qui pût me soulager
du fardeau des affaires publiques, j'ai choisi le cardinal Mazarin, qui paraît avoir toutes les qualités né-
cessaires à un grand Ministre... Croyez-moi, duchesse,
vivez agréablement en France, ne vous mêlez d'aucune
intrigue, jouissez sous ma régence du repos que vous
n'avez pu avoir du temps du feu roi... Je vous rendrai
mon amitié à cette condition ; mais, si vous rêvez de
troubler la cour et de vous mêler des affaires de l'Etat,
je vous donnerai l'ordre de quitter Paris...

— Quand devrai-je m'éloigner ?

— C'est ainsi qui vous répondez à mes offres d'a-
mitié ?

— Les accepter serait me lier...

— ... envers le roi.

— ... Envers Guilo Mazarini...

— Encore !...

— Toujours !... Je suis Française... Jamais Votre Majesté ne me forcera à baisser la tête devant *son* Italien...

Mme de Chevreuse dont la colère empourprait le visage quitta brusquement l'oratoire...

Le soir même elle reçut le commandement d'aller à Tours et d'y attendre les ordres de la Régente.

La duchesse obéit tout d'abord ; puis après quelques jours de repos, elle trompa — en se déguisant en paysanne — la surveillance occulte dont elle était l'objet... Accompagnée de Mlle de Chevreuse, sa fille, elle tenta de gagner l'Angleterre ; mais la maladie l'obligea à demeurer dans l'île de Guernesey. A peine rétablie elle se rendit en Flandre où le duc de Lorraine, pour la seconde fois, tout banni qu'il était, la reçut fort bien et l'assista beaucoup...

VII

Par une nuit de décembre 1643, huit cavaliers masqués traversèrent au galop l'unique rue de Bazanos. Ils gagnèrent un bois, mirent pied à terre, se munirent de pinces et de leviers suspendus à l'arçon de leurs selles.

Les licols des chevaux furent rapidement attachés aux basses branches.

Un homme resta pour les surveiller... Ses silencieux

compagnons s'éloignèrent dans la direction d'une tour — dernier vestige d'un château construit aux époques féodales...

Ça et là quelques gigantesques blocs de granit couverts de mousses dressaient leurs fantastiques silhouettes...

L'homme qui marchait en tête de ses compagnons s'arrêta brusquement.

Il écarta un épais rideau de lierre et de framboisier sauvage, puis il s'engagea dans un couloir qui semblait conduire aux entrailles de la terre.

Tous suivirent le même chemin.

Après avoir marché pendant quelques minutes, ils arrivèrent à l'entrée d'une cave creusée à même le roc...

Le chef battit le briquet et alluma une mèche soufrée à laquelle ses hommes firent flamber celles qu'ils venaient de tirer de leurs poches..

Ils traversèrent la cave et arrivèrent au pied d'un escalier façonné dans la pierre.

Les sept hommes montèrent en prenant d'infinies précautions pour éviter le choc de leurs éperons et de leurs rapières sur les marches.

Ils se trouvèrent réunis sur une large plateforme dans laquelle un anneau de fer était scellé...

Le chef passa son levier dans l'anneau... Deux hommes — deux colosses — glissèrent des pinces entre le levier et le sol ; puis unirent leur efforts pour soulever une dalle... .

Ils y réussirent facilement...

Une ouverture assez large pour laisser pénétrer un individu de forte corpulence apparut...

Le chef et ses hommes s'y laissèrent tomber ; puis suivirent un couloir maçonné et arrivèrent à une porte qui fut aussitôt crochetée.

Ils l'ouvrirent et se trouvèrent dans une salle humide, meublée de quelques escabeaux, d'une table et d'un lit sur lequel un homme se dressa épouvanté...

Le malheureux n'eut pas le temps de proférer une parole. La lourde pince de fer d'un des mystérieux visiteurs venait de lui fracasser le crâne.

Il tomba comme une masse sur les loques qui lui servaient de draps et de couvertures.

Les assassins suivirent leur chef qui venait d'entrer dans une seconde chambre moins misérablement meublée que l'autre. Des armoires à fortes serrures en occupaient une partie. Une table chargée de paperasses, un lit dans lequel un homme à cheveux blancs dormait, et quelques chaises complétaient l'ameublement.

Quatre compagnons se précipitèrent sur le dormeur, le saisirent à bras le corps, lui lièrent les pieds et les mains et le précipitèrent sur les dallés...

— Que me voulez-vous ?

La voix et le visage du malheureux dénotaient une terreur extrême.

Le chef alluma les cires placées sur la table... Puis il consulta les paperasses et les jeta dans la cheminée...

— Les reçus de mes emprunteurs de l'année cou-

rante, — gémit l'homme qui venait d'être si désa-
gréablement réveillé...

Tous les papiers trouvés sur la table allèrent dans
la cheminée...

Sur un léger signe du chef, un des hommes alluma
le feu...

— Judas !... Judas, viens à mon secours...

Judas — tel était le nom du valet assommé quelques
instants avant — ne répondit pas — et pour cause.

On traîna le vieillard jusqu'à la cheminée. Ses
pieds furent rapidement liés à la crémaillère.

— Grâce !... grâce !... Que voulez-vous de moi ?...
Parlez ?... ...Que je souffre !...

Les flammes légères du papier mordaient cruelle-
ment la peau...

Le chef fit un geste...

Aussitôt ses hommes s'inclinèrent et se rendirent
dans la chambre où agonisait Judas...

Lorsque la porte fut refermée, le mystérieux
cavalier se leva et alla en pousser le verrou. Puis, re-
tirant son masque, il vint se placer devant sa victime
qui s'écria :

— Monsieur de Montdefer !...

— Tu as bonne mémoire Zooggmann..

— Aïe !... Ciel !... Le feu me dévore...

— Tu exagères... comme tes intérêts...

— Pitié !...

— La flamme baisse... Elle va mourir... Morbleu !...
que de cris parce que je veux te préserver du froid...

— Je ne suis pas frileux...

— Silence !... Gémis, pleurniche si cela t'amuse ;

mais ne parle que pour répondre à mes questions...

— Où sont mes reçus ?

— Je vais mourir...

Montdefer tira son épée dont la pointe fut placée sur un des bras de l'usurier.

— Où sont mes reçus?

Il enfonça l'acier.

— Vous me tuez !...

L'épée continuait à pénétrer...

Les reçus?...

— Je ne les ai plus...

— Je les veux...

Le marquis retira l'arme de la blessure qui saignait abondamment...

— Avez-vous les quarante mille pistoles ?

— Le feu est éteint... Faut-il le rallumer ?

— Non !... Non, mon excellent monsieur César... Je suis prêt à vous rendre vos reçus...

— ... Tu deviens raisonnable...

— ... Si vous me rendez mon argent...

L'épée du marquis fit trois nouvelles blessures peu graves mais douloureuses en diable...

— Pourquoi me torturer ainsi ?

D'un coup d'éperon le marquis ensanglanta le visage du juif. L'œil droit fut légèrement atteint...

— Le malheureux poussait des plaintes inarticulées ; mais ne cédait toujours pas...

... Les mèches soufrées qui avaient servi à lier Zooggmann à la crémaillère ayant été brûlées, celui-ci, réunissant ses forces dans un suprême effort, fit un

saut de carpe qui mit une certaine distance entre ses
pieds et les cendres noircies du papier...

— Lève-toi !...

— Je le voudrais bien ; mais je ne le puis, monsieur César...

Celui-ci aida le martyr à gagner le fauteuil placé
devant la table...

Le sang coulait de ses blessures. Sa chemise —
unique vêtement de nuit — en était rougie... De ses
jambes montait une odeur de roussi...

— Ecris ce que je vais te dicter.

— J'écrirai, mon bon monsieur le marquis... Mais,
de grâce, ne me faites plus de mal...

— Tu es prêt ?

— Oui, mon bon monsieur César...

Montdefer remit son épée au fourreau...

Le juif poussa un soupir de soulagement qui se
changea bientôt en un gémissement d'effroi : son dé-
biteur venait de tirer un poignard dont la pointe
était aiguë comme celle d'une aiguille...

— Je vais me placer derrière toi, Zooggmann ; pendant que tu écriras je te surveillerai... S'il te prenait
la fantaisie de vouloir lever la tête, ce poignard t'en
ferait repentir... Je commence : « *Bizanos 10 avril
1633... A Monsieur le marquis César de Montdefer...
Monsieur le marquis, j'ai l'honneur de vous adresser
le reçu des quinze mille pistoles...*

— Jamais je... Aïe ! Aïe !...

— Ecris donc !... *que j'ai eu le grand honneur de
vous prêter l'an dernier... J'accepte, avec reconnais-
sance, de gérer vos biens durant le long voyage que*

vous allez entreprendre... A votre retour, j'aurai la joie de remettre entre vos mains les sommes perçues et les titres de propriété vous appartenant.

Je suis le plus humble et le plus dévoué de vos serviteurs... Zacharie Zooggmann...

— Je ne signerai pas cela !...

Le poignard fut enfoncé dans le cou...

— Seigneur !... Aïe !... Là ! Là !...

— Signe... ou je te coupe une oreille...

— Jamais...

Montdefer saisit l'oreille droite de l'usurier.

— Non !... Non !... je signe...

Il signa...

— Je suis volé !...

Un coup de poing sur le crâne rappela Zacharie aux convenances.

Le marquis s'empara de l'écrit, lui laissa le temps de sécher et le serra dans une des poches de son pourpoint.

Puis il remit son masque...

— Tu as vu, maître Zooggmann, comment j'arrive à me faire obéir ?

— Hélas !...

— Donne-moi les clefs servant à ouvrir tes armoires...

— ... Encore ?

— ... Si tu refuses je vais te crever les yeux, t'arracher la langue et te jeter dans la cheminée où je ferai — préalablement — allumer un bon feu... J'en ai le droit, Zacharie, cette tour fait partie des domaines que tu as mission de gérer...

— Je suis perdu !...

— Les clefs !...

— Dans les poches de ma culotte...

Montdefer prit le vêtement qui était placé au pied du lit et en tira un trousseau composé d'une douzaine de clefs — plutôt petites — aux encoches compliquées.

Puis il força le vieillard à se lever...

— Ouvre ces armoires...

Le malheureux, terrorisé, se soutenant à peine obéit...

Les armoires furent successivement ouvertes.

Dans les deux premières apparurent des piles énormes de papiers...

Dans les trois autres des sacs aux flancs bossués étaient rangés...

— Où sont les papiers me concernant ?

L'usurier indiqua un « dossier ».

César s'en saisit aussitôt et l'ouvrit...

— Mes reçus !... Mes titres de propriétés !... Enfin !...

Il vint à la cheminée. En palpa les murailles... Sous l'effort de ses doigts un ressort fit entendre un bruit sec. Le panneau du fond se déplaça...

Zooggmann ne put retenir une exclamation arrachée par la surprise...

Montdefer le regarda ; puis railla :

— Je suis chez moi ici... J'en connais les ressources...

Dix minutes après les sacs contenus dans deux des armoires étaient « serrés » dans la logette pratiquée entre l'âtre et la muraille de la tour.

Le marquis fit flamber les reçus faits onze années auparavant ; puis il revint à Zacharie...

— Voilà pour te faire expier mes dix années de misère, horrible usurier...

Il enfonça son poignard dans le cœur du misérable ..

Zooggmann poussa un cri déchirant et roula sur les dalles où il expira...

Le marquis alla tirer le verrou et ouvrir la porte...

— Pour vous! — dit-il la voix intentionnellement changée...

Les hommes se ruèrent vers l'armoire où les sacs montraient leur rotondité...

Ils s'en emparèrent..

— Que l'un de vous aille prévenir notre compagnon et revienne avec les chevaux. . Par le chemin il y en a pour un quart d'heure...

La lune éclairait suffisamment le bois pour que le cavalier réussit à retrouver son camarade..

Pendant son absence, les sacs d'or — vingt et un — furent transportés hors de la tour... Puis les cadavres de Zacharie et de Judas avaient été replacés sur leurs lits... Tous les papiers contenus dans les armoires furent répandus sur le sol... La paille trouvée sous un hangar adossé à la tour fut imbibée d'huile et placée sous les lits...

— Compagnons — dit alors le marquis — je vous ai promis une généreuse récompense pour vous dédommager d'un aussi long voyage... Ai-je tenu parole?

— Oui! ! !

A ce moment les deux cavaliers et les chevaux arrivèrent à proximité du groupe formé par César et ses complices...

MAZARIN EXAMINA...

Vous êtes sept... Il y a là vingt et un sacs d'or... Partagez les... Silence!...

L'or fut vidé dans les fontes... Les pistolets ayant été placés à la ceinture...

Le surplus trouva asile dans les poches...

Les sacs vides furent jetés dans la tour.

— Adieu !... compagnons — dit alors le marquis.

— Adieu ! chef, — répondirent les cavaliers.

Ces hommes, fidèles à la consigne reçue lors de leur engagement, s'éloignèrent aussitôt...

Montdefer, demeuré seul, pénétra dans la tour, saisit un des candélabres et le lança sur la paille...

L'incendie se propagea aussitôt...

César sortit précipitamment, referma la porte et sautant en selle pour gagner la ville de Pau où le duc Albéric, son frère, habitait.

« Mon or est en sûreté... Je pourrai le reprendre quand bon me semblera » — pensait-il.

Il fit galoper son cheval durant un quart d'heure puis il ralentit son allure...

Le marquis le dirigea vers une éminence d'où il découvrit la campagne.

Sur les ombres pâlissantes de la nuit se détachait la lueur rouge de l'incendie... La flamme dévorait maintenant les volets et l'unique porte de la tour...

— *Ils* doivent être rôtis — murmura Montdefer — Je pourrai, désormais, reposer tranquille.

Des tourbillons de fumée pailletée d'étincelles d'or s'élevaient vers le ciel...

« Les pierres, seules, résisteront » — pensa le misérable gentilhomme...

Tout en chevauchant, Montdefer se traçait un plan de la conduite à tenir devant son frère...

Comme le duc ignorait le motif d'un silence de dix années, il l'expliquerait en déclarant que, par ordre de Richelieu, il avait été enfermé à la Bastille d'où le cardinal Mazarin l'avait tiré en même temps que d'autres gentilshommes...

Il faisait grand jour lorsqu'il pénétra dans la capitale du Béarn...

La demeure des ducs de Montdefer était située non loin du château où naquit Henri IV. César s'y rendit...

— Vive Dieu ! — s'écria le serviteur préposé à la garde de la porte. — C'est monsieur le marquis...

— Lui-même, Antonio... Le duc est-il en cette demeure ?

— Il vous y espère depuis dix années...

— Va lui dire que son frère l'attend...

— J'y cours !... J'y cours !... Quelle joie !... Vive Dieu !... quelle joie...

Deux valets inconnus du marquis s'occupèrent de son cheval, pendant qu'un autre serviteur introduisait César dans la galerie du rez-de-chaussée...

Le gentilhomme fut impuissant à retenir les larmes qui perlèrent à l'extrémité de ses cils lorsqu'il revit les portraits de son père et de la duchesse sa mère...

L'aîné de la famille entra comme une trombe :

— César !... César !... est-il possible ?

— Albéric !...

Les gentilshommes s'embrassèrent !...

— Vous ne pouvez concevoir, chère frère, le bon-

heur que j'éprouve à vous serrer dans mes bras...
Qu'avez-vous fait depuis dix années ?

— J'ai appelé de tous mes vœux la minute présente, Albéric...

— Expliquez-vous ?

— Celui qui fut surnommé l'Homme a la pourpre sanglante...

— Richelieu !...

— Oui !... Richelieu... Cet homme m'a tenu dix années enfermé dans un cachot de la Bastille...

— Pauvre frère !... Comme vous avez souffert...

— Plus que l'imagination ne peut le concevoir...
Mais, comme je vous vois et vous serre sur mon cœur, tout est oublié Albéric... Ce cauchemar de dix ans s'évanouit pour faire place à la réalité souriante et bénie... La duchesse ?... Vos enfants ?

— Vous allez les voir, César... Mais pour quel motif Richelieu vous a-t-il fait conduire à la Bastille ?

— Demandez-moi ma fortune, ma vie, Albéric ; mais ne me demandez jamais ce qui doit rester mon secret... L'honneur me défend de parler...

— Bien, mon frère... Je vous approuve...

La duchesse Juana de Montdefer et Carmen, sa fille, apparurent sur le seuil.

— Ma sœur ! — s'écria le marquis en s'élançant vers Juana qui souriait, heureuse de revoir le beau-frère dont l'absence avait fait couler tant de larmes dans cette demeure.

Il posa ses lèvres sur le front de la noble femme ; puis embrassa les joues de Carmen en disant :

— Que cette enfant est belle !

Comme la jeune fille était le portrait frappant de sa mère, l'hommage rendu à sa beauté brune porta doublement...

— Puisque le frère prodigue est de retour on va tuer le veau gras...

— C'est cela, chère sœur, d'autant plus que je commence à mourir d'inanition...

— N'auriez-vous pas mangé depuis votre dernier séjour en cette demeure, mon oncle ?

— La fière jeune fille raille maintenant cet oncle sur le dos duquel elle montait à cheval...

— Comme les enfants du bon roi Henri, mon oncle...

— Petite Béarnaise !... Permettez que je vous embrasse encore... Vous me devez bien des baisers après dix ans d'absence.

— A qui la faute ?

— A Richelieu, Mademoiselle.

— Notre pauvre César vient de passer dix années à la Bastille...

— Est-ce possible !...

— Albéric a dit la vérité, Juana...

— Dans un cachot !... Avec des rats !... Car il y avait des rats, n'est-il pas vrai, mon oncle ?

— Même pas !... J'étais au secret...

Le marquis sourit en prononçant cette phrase.

La duchesse ne put retenir ses larmes en apprenant que son beau-frère avait été prisonnier...

Quant à Carmen elle présenta ses joues en disant :

— Payez-vous mon oncle...

— Chère enfant !

César posa ses lèvres sur les joues ambrées de l'adorable jeune fille.

— Mon oncle !... Mon oncle est de retour !... Quelle joie! Quel bonheur ! — s'écria un jeune homme qui entra tout botté.

— Henri !... Dans mes bras, mon enfant...

— De grand cœur !... Comme autrefois...

— Comme autrefois !...

César reçut l'accolade de son neveu...

— Quelle joie de revenir au foyer domestique; d'y voir des êtres aimés, des âmes sympathiques... Cette minute de joie paie dix années de douleur.

— Cette maison est la vôtre, César... Vous ne la quitterez plus si tel est votre désir.

— Merci, frère ; mais d'impérieux devoirs exigent ma présence à Paris...

— Vous seriez si heureux, ici... en famille.

— Je le sais, Juana ; mais le devoir est auprès de Mazarin auquel je dois la liberté...

— Bien, César, — dit le duc...

Le déjeuner fût annoncé...

Au cours du repas, le marquis demanda : « Si le juif Zooggmann était toujours de ce monde? »

— Cet usurier auquel vous avez vendu vos terres ? — s'écria imprudemment la jeune fille...

Une profonde stupeur se répandit sur les traits du maître comédien...

— Vendu mes terres !... Rien n'est moins vrai !...

— Carmen a eu tort de parler ainsi ; — déclara le duc — mais puisque nous sommes sur ce chapitre... continuons...

— D'autant plus volontiers, mon cher Albéric, que je veux, dès demain, aller chez ce juif auquel j'ai — il y a dix ans — donné mission de gérer mes biens...

— Gérer vos biens ?...

— Administrer mes domaines, si vous le préférez...

— Cet homme serait donc un impudent !...

— Que voulez-vous dire ?

— Mais, depuis plusieurs années, l'usurier Zooggmann s'est déclaré votre [créancier pour une somme évaluée à trente mille pistoles... au moins... J'ai voulu le désintéresser, mais il a refusé, déclarant exiger vos terres en gage jusqu'à l'époque de votre retour.

— Permettez-moi, Albéric, de vous exprimer ma gratitude pour l'offre généreuse que vous fites à ce voleur auquel je ne devais rien à l'époque où Richelieu me fit jeter à la Bastille... Il m'avait un an avant cet événement prêté dix mille pistoles, je lui en rendit quinze mille à l'époque convenue. Depuis je n'ai jamais revu cet homme qui m'est redevable de dix années de fermages et de coupes de bois...

J'ai pu mettre en lieu sûr les documents concernant mon marquisat à l'époque où se passèrent les faits qui amenèrent mon arrestation... Ces pièces sont à Paris...

— Vos déclarations me rendent heureux, César, et j'en veux moins à notre jolie bavarde, — dit la duchesse...

— Je joins ma pensée à celle de Mme de Montdefer, — déclara le duc. — Demain, nous irons à *La Tour des Ruines.*

Le lendemain dès le premier déjeuner, les deux frères

et Henri montèrent à cheval pour se rendre à La Tour.

César affecta une joie profonde en se retrouvant dans les bois où s'écoulèrent les heures paisibles de son adolescence.

Quand ils arrivèrent au monticule sur lequel l'assassin de Zacharie s'était arrêté, ils aperçurent la silhouette, encore indécise sous son voile de brouillard matinal, de la fameuse tour.

— La reconnaissez-vous, mon oncle?

— *La Tour des Ruines*... Et c'est là que s'est réfugié ce vieux hibou?

— Oui, mon frère... C'est là que vit ce mécréant... Sur vos terres qu'il ose prétendre être les siennes...

Ils continuèrent à chevaucher...

Au croisement d'un chemin les gentilshommes rencontrèrent quelques paysans qui se découvrirent et saluèrent bien bas...

— Savez-vous si Zacharie est à la Tour? — demanda le duc.

— Nous ne l'avons pas rencontré par les champs, monsieur le duc... Tout ce que nous pourrions vous dire : c'est que le feu à tout brûlé dans la Tour...

— Le feu ! ! ! — s'écrièrent les Montdefer.

— Le feu de l'Enfer sans doute... Ça sent la chair roussie... comme dans les histoires de damnés... Et puis le vieux composait des drogues pour le sabbat... Il aura mis le feu en faisant ses manigances.

— Vous n'êtes pas entré dans la tour une fois le feu éteint?

— Que non !... Il ne faut pas barguiner avec le diable et les drogues qu'on ne connaît pas.

— Au galop ! — ordonna César...

Les cavaliers arrivèrent rapidement à proximité de la tour... Ils ne prétèrent nulle attention aux saluts que leurs adressèrent les paysans groupés à une respectueuse distance. Ils descendirent de cheval et jetèrent les licols aux mains du valet qui les accompagnaient.

Une odeur de viande grillée empuantissait l'air.

— Le vieux serait-il rôti ? — s'écria le duc...

César entra le premier...

Dans la première chambre le squelette aux trois quarts calciné de Judas frappa les regards des visiteurs.

Dans la seconde celui de Zooggmann fut découvert au milieu d'un amas de papiers consummés, de cendre et de poussière...

Le feu avait fait son œuvre. Des meubles il ne restait nulle trace... Du crime ne subsistait aucune preuve...

César avait gagné la terrible partie...

Les os des deux juifs furent enterrés au pied d'un arbre. Un bloc de pierre fut roulé à cet endroit...

César donna ensuite quelques pistoles aux paysans rassurés, et leur commanda de s'armer de pelles et de balais afin de jeter, hors de la tour, cette cendre et ces débris calcinés...

Les braves paysans reconnurent leur ancien maître.

Ce fut alors une indescriptible explosion de joie.

— Vive notre seigneur !!!

— Vive monsieur le marquis !!!

— Honneur aux Montdefer !!!...

- RESTEZ !

— Merci, braves gens .. Je reviens parmi vous…
après une longue absence…

— Vive monsieur le marquis ! ! !

— Je regrette que l'incendie prive le bourreau du
plaisir de torturer ce Zooggmann qui a osé prétendre à la possession de mes terres…

— Vive notre maître ! ! !

— Zacharie nous pressurait !

— Nous volait ! ..

— Pour célébrer mon retour, braves gens, je vous
fais remise d'une année de fermage et de redevances.

Ce fut du délire…

Les paysans voulurent baiser les mains du marquis, de son frère et du jeune Henri…

Les gentilshommes eurent grand peine à obtenir
un plus discret témoignage de gratitude.

— Je compte sur vous — braves gens — pour, au
moyen de planches, boucher les deux fenêtres et la
porte de *La Tour des Ruines*… J'entends que personne n'y pénètre avant mon retour de Paris…

— Comptez sur nous ! ! !

— Vive le meilleur des maîtres ! ! !

— Vive la famille de Montdefer ! ! !

Trois heures après les gentilshommes étaient de
retour à Pau…

Le surlendemain César prit congé de sa famille et
se mit en route vers Paris.

Moins de quinze jours après avoir quitté le Béarn
César se présenta au Palais cardinal.

Malgré l'heure tardive, Bernouin l'introduisit dans
le cabinet de travail du ministre .. Mazarin sourit :

— Per Bacco ! C'est Montdefer...

— Le dévoué serviteur de Votre Eminence...

— Êtes-vous satisfait de votre voyage ?

— Vous en jugerez, monsieur le cardinal, en prenant connaissance de ce document...

Mazarin prit le parchemin que lui présentait César.

— Diavolo ! — s'écria-t-il une fois la lecture de la lettre écrite par Zooggmann terminée. — Vous êtes un intelligent compagnon, Monsieur ...Si vous déployez autant d'habileté à mener à bien les missions qui vous seront confiées, que vous venez d'en montrer pour établir vos droits au marquisat de Montdefer, les honneurs grêleront sur votre tête...

— Je besognerai de mon mieux pour mériter les éloges de Votre Eminence... J'ai revu mon frère et sa famille...

— Comment avez-vous expliqué votre absence de dix années ?

— Le cardinal Richelieu m'avait fait jeter à la Bastille... La cause : secret d'Etat... Votre Eminence m'a rendu la liberté...

— Bravo !... Vous êtes digne d'être Italien... Pour tous vous aurez passé dix ans au fond d'un cachot... Vous êtes un homme de génie... de génie... A bientôt, marquis... A bientôt...

— A demain, Monseigneur.

— C'est cela !...

Lorsque César fut parti Mazarin dit en souriant :

— C'est un coquin de génie... Bernouin !... Bernouin !... Je désire être seul... Tu m'as compris ?...

— Oui, Monseigneur...

Depuis quelques jours la reine avait quitté le Louvre sous prétexte que son appartement lui rappelait de trop cruelles heures.

Elle avait pris possession du Palais-Royal (Palais-Cardinal) que Richelieu en mourant avait légué au roi.

Mazarin occupait une partie de ce Palais.

Dès que Bernouin eut refermé la porte du cabinet, le ministre quitta sa robe rouge et parut vêtu d'un élégant costume de velours violet foncé. Les bas et souliers étaient de même nuance...

Mazarin se mira dans une glace de grande dimension, retroussa sa moustache, esquissa quelques révérences, deux ou trois sourires, et autant de regards mélancoliques, il se mit à genoux, leva les bras au ciel, se couvrit le visage de ses mains devenues tremblantes, se dressa d'un bond, tendit les bras et serra ...une absente sur sa poitrine ; puis il ouvrit la porte du passage secret qui conduisait aux appartements de la Reine.

La Porte introduisit le cardinal dans le cabinet qui servait d'oratoire ; puis il se retira. Mazarin frappa deux fois contre l'huis donnant sur la chambre de la reine.

La porte fut ouverte... Anne d'Autriche, parut :

— Vous !...

— Serai-je assez malheureux pour que ma présence fut désagréable à Votre Majesté ?

— Non !... Mais... j'attendais Mme de Motteville ...et la surprise causée par votre visite... à cette heure m'a... troublée...

Mazarin entra et ferma la porte...

Anne émue le regardait faire sans songer à protester contre une pareille audace.

L'Italien devina la partie gagnée...

— Après la fatigue du jour arrive pour vos sujets l'heure du repos... Pour moi cette heure ne sonne plus... Pour le plus dévoué de vos serviteurs, il n'est plus de sommeil.

— Pourquoi ?

— Parce que je vous aime...

— Eminence !...

— Je vous aime, Madame, et j'ose vous l'avouer... Si vous saviez combien grande est l'adoration que vous m'inspirez... C'est pour me rapprocher de vous que j'ai voulu m'élever au-dessus des autres hommes... Ce que l'on prend pour de l'ambition est plus noble, plus grand, plus beau, car c'est de l'amour...

— De grâce !...

— J'ai besoin de vous voir,... de vous entendre... Si c'est un crime, Madame, dites-le moi et je mourrai pour expier ma faute ..

— Vivez...

Le cardinal se précipita aux genoux de la Régente.

— Je vous donne mon âme, souveraine adorée .. Par l'amour, par le cœur, je vous appartiens.

— Cessez !... Vos paroles me troublent profondément.

— Ecoutez un malheureux qui vous aime d'amour... Ne le renvoyez pas...

Mazarin mit tant de passion dans ces dernières paroles. Ses regards exprimèrent une si grande douleur que la reine murmura :

— Restez...

Courbevoie. — Imprimerie E. BERNARD, 14, rue de la Station.